Wiglaf Droste | Der infrarote Korsar

Wiglaf Droste kleidet den Horror deutscher Alltäglichkeit in die passenden Worte. »Droste ist ein mutiger Mann, der vielerorts als so genannter Satiriker verharmlost wird. In Wahrheit ist er ein staatsfeindlicher Künstlertyp«, weiß Christof Meueler. Wigalf Droste wurde im Jahre 2003 für sein »vitales Dissidententum« und seine »Verbindung aus grobem Ton und feinem Stil« mit dem Ben-Witter-Preis ausgezeichnet. 2005 erhielt er den Annette-von-Droste-Hülshoff-Preis. Die Jury lobte die Breite und Qualität seines Werkes, »das für einen satirischen deutschsprachigen Autor seiner Generation einmalig sein dürfte«. Seine Texte seien »sprachliche Kabinettstückchen von hohem literarischen Rang«.

Wiglaf Droste, geboren 1961, lebt in Berlin und ist Schriftsteller, Sänger *(Essener Spardosenterzett)* und Vorleser. Regelmäßig freitags kolumniert er auf der Wahrheits-Seite der *taz*. Zuletzt erschien von ihm bei Reclam Leipzig *Bombardiert Belgien! & Brot und Gürtelrosen* (RBL 20043), *Die Rolle der Frau und andere Lichtblicke* (RBL 20068), *Wir sägen uns die Beine ab und sehen aus wie Gregor Gysi* (RBL 20125) und der Gedichtband »*nutzt gar nichts, es ist Liebe*« (Geb., 839).

Wiglaf Droste

Der infrarote Korsar

Ausgesuchte neue Texte

Mit einer Gastgeschichte
von Sibylle Berg

RECLAM
LEIPZIG

Veröffentlicht im Reclam Verlag Leipzig, 2004

Reclam Bibliothek Leipzig, Band 20110
2. Auflage, 2006
Reihengestaltung: Gabriele Burde | Kurt Blank-Markard
Umschlaggestaltung: Gabriele Burde unter Verwendung eines
Bildes von Rudi Hurzlmeier
Autorenfoto: © Thomas Stolper, Frankfurt am Main
Gesetzt aus ITC Slimbach
Satz: Reclam Verlag Leipzig
Druck und Bindung: Reclam, Ditzingen
Printed in Germany
ISBN-13: 978-3-379-20110-0
ISBN-10: 3-379-20110-3

www.reclam.de

für Jamiri

Die Tapfere Kleine Frau

Das Bedrückendste, das der Welt passieren kann, ist die Tapfere Kleine Frau. Zäh steht sie im Leben, durchhaltend und unerbittlich tapfer. Sie ist ein Alptraum mit drei Buchstaben: TKF.

Die Tapfere Kleine Frau ist weniger eine physiologische als eine seelische Wesenserscheinung. Aber das Innere schlägt auf die Physis zurück. Es ist ein Reduktionsprozess, kniepig schrumpft die Frau zu ihrer Sparversion. Was ein Mund war, wird Sparschlitz, wo Augen schienen, lugen Türspione, wo ein Lächeln strahlte, kneift und knistert Bitternis, wo ein Körper wohnte, herrscht permanente Selbstvermeidung. Es wäre traurig, würde Trauer nicht durch den entscheidenden Wesenszug der Tapferen Kleinen Frau unterbunden: ihre Tapferkeit. Sie ist ja so taff. Sie steckt das weg. Sie kommt damit klar. Sie steht das durch. Und zieht das durch. Die Tapfere Kleine Frau ist eine Trümmerfrau, die vergessen hat, dass außer ihr selbst schon längst keine Trümmer mehr da sind.

Die Tapfere Kleine Frau verfügt über ein ganzes Arsenal von Überlebenstechniken. Halbstundenlang gießt sie Sprachhülsen in anderer Leute Ohren, Allgemeinzeug, per Knopfdruck abrufbar, zum Leben so wichtig wie die Musik in der Telefonwarteschleife, aber eben in diesem respekterpresserischen tapferen kleinen Tonfall aufgetischt. Höflich vor sich hin erlöschend hört der Rest der Welt zu, der gelernt hat, dass man Rücksicht zu nehmen hat auf die Tapfere Kleine Frau, die niemals müde wird mitzuteilen, dass gerade sie es nicht leicht hat. Irgendwann hebt jemand an, sich und die anderen Gequälten zu erlösen. Dann aber sagt die Tapfere Kleine Frau sehr resolut: »Lass mich *bitte* ausreden!« Das kann sie, das hat sie sich erarbeitet, das kann ihr keiner mehr wegnehmen. Sie würde eher daran ersticken, als darauf zu verzichten. Obwohl doch Verzicht ihr Leben ist, ihr tapferes kleines Leben.

Die Tapfere Kleine Frau kann aber auch anders: feiern und fröhlich sein, sogar tanzen. Dann wird »I am what I am« aufgelegt, »Sisters are doing it for themselves« hervorgekramt und, unverzichtbar im Repertoire der Tapferen Kleinen Frau, »I will survive«. Zu diesen an sich erträglichen, aber wegen der Annexion durch die Tapfere Kleine Frau unhörbar gewordenen Stücken wird dann so programmatisch, bedeutungsschwer und eckig herumgeackert, dass Licht aus und Dunkelheit als große Errungenschaften der Menschheit aufschimmern. Privat hört die Tapfere Kleine Frau Durchhaltekitsch von Zarah Leander bis Marianne Rosenstolz, solches Zeug. Doch niemand, der dabei zusieht, lacht, denn man lacht nicht am Grabe.

Ideal geeignet ist die Tapfere Kleine Frau als alleinerziehende Mutter. Das ist ihre perfekte Rolle. Sie kann die Rüstung schließen, das Welt- und Eigenbild steht. So adelt die Tapfere Kleine Frau sich selbst, und als Zement wird ihr angebliche Bewunderung hingegossen: Wie sie das schafft! Wie sie das meistert! So tapfer!

Mit Trippelschritt und Piepsstimme huscht die Tapfere Kleine Frau durchs Leben. Ich möchte ihr Vogelfutter streuen oder einen Knabberkolben Sittich-Trill in den Bauer hängen.

Kommissar Wallander und die belegten Brote

Wie der Protestantismus wirklich ist

Kriminalschriftsteller, deren Romane mit Blut getränkte moralische Traktate sind, gibt es viele; selten aber hat einer so säuerliche protestantische Ware aufgetischt wie der Schwede Henning Mankell. In seinem Roman »Der Mann, der lächelte« lässt Mankell seinen Kriminalkommissar Kurt Wallander einen Großunternehmer jagen, hinter dessen sorgfältig geschönter Fassade sich erstaunlicherweise kein Ehrenmann verbirgt, sondern - huch! - ein übler Schurke. Schlimme Sache das, überhaupt ist alles schlimmschlimmschlimm bei Wallander, und früher war alles besser, sogar das Verbrechen.

Das Buch ist so faszinierend wie ein Pfarrer mit Mundgeruch. Als Alternative zum erfolgsgrinsenden Geschäftemacher, der so gewohnheitsmäßig über Leichen geht wie einst Jesus übers Wasser, dient Mankell der Welt die reformierte Jugendherberge an, mit Kommissar Wallander als Herbergsvater, einer Einrichtung von Ikea, vielen Diskussionen, gemeinsamem kaltem Abendbrot und trister Heimleiterprosa: »Er beschloss, an diesem Abend keinen Kaffee mehr zu trinken und legte sich statt dessen aufs Bett, um vor der Durchsicht der Unterlagen noch ein wenig auszuruhen.« Es sind Sätze aus dem Fahrtenbuch des Gewerkschaftssekretärs: »Die letzten Abendstunden widmete er der Vorbereitung der Pressekonferenz.« Mankells zähes Geholper wimmelt von Wörtern wie »Konferenzzentrum« und »Etatkonferenz«, und der Weg zur sozialdemokratischen Vorhölle ist gepflastert mit guten Vorsätzen und schlechtem Essen. Mir ist kein Buch bekannt, in dem so oft und so viele belegte Brote gemampft werden, immer und immer wieder belegte Brote.

Die wundersame Brotvermehrung beginnt bei einem sommerlichen Fahrradausflug: »Auf dem Gepäckträger hatte er eine Plastiktüte mit belegten Broten.« Ein spätherbstlicher Marsch durch die Dünen gestaltet sich ähnlich: »Er holte die belegten Brote und die Thermosflasche hervor.« Auch der Polizistenalltag ist ein hartes, belegtes Brot: »Er hielt an der OK-Tankstelle nach Ystad, trank eine Tasse Kaffee und aß ein belegtes Brot.« Ssso sssön issst Sssweden: »Er war allein im Lokal und bestellte Kaffee und ein Käsebrötchen.« Zur Abwechslung wird Auto gefahren, aber nicht zu lange: »Unterwegs hielt er an Fridolfs Konditorei und kaufte sich ein paar belegte Brote.«

Einmal scheint Mankell zu ahnen, wie seinen Lesern zumute sein mag: »Wallander gähnte und spürte, dass er hungrig war.« Doch wieder gönnt er seinem Kommissar nur gnadenlos belegtes Brot: »Durch die halboffene Tür konnte er in einen Speisesaal blicken. Er ging hinüber. Auf dem Tisch stand ein Korb mit Käsebrötchen.« Hier zeigt der ansonsten zum Einschlafen anständige Wallander seine dunklen Seiten, seine geradezu kriminellen Abgründe: »Er nahm sich eins und aß es. Dann noch eins.« Nach diesem Verbrechen aus Leidenschaft reißt er sich jedoch flugs wieder zusammen und lehnt eine Einladung zum Abendessen ab – »mit dem Hinweis auf berufliche Verpflichtungen«. Die sehen so aus: »Schließlich erstarb die Diskussion. Sie gingen hinaus, um frischen Kaffee zu holen und erhielten belegte Brote von einem müden Verkehrspolizisten, der in der Kantine saß und vor sich hin starrte.«

Weil man gar nicht genug an der Entwicklung seiner Persönlichkeit arbeiten und feilen kann, wird zu Hause tüchtig nachgesessen und -gegessen: »Wallander fuhr nach Hause und aß in der Küche ein paar belegte Brote, bevor er zu Bett ging. Lange wälzte er sich hin und her; er konnte einfach nicht einschlafen.« Allen Ernstes wundert sich ein Mann mit solch betrüblichen Ernährungsgewohnheiten darüber, dass er ständig Depressionen hat.

Wider die Adilette

Früher hießen die Teile Schlappen. Das war schon demoralisierend genug: Menschen, frei geboren, und doch den baren Fuß in Schlappen hineinsteckend und durch die Wohnung latschend, ein feuchtschmatzendes Geräusch erzeugend, schlapp-schlapp. Der Schlappen ist das Insignium der Kapitulation. Wer Schlappen trägt, hat schon verloren.

Modern nennt man die Dinger Adiletten. Dabei geht es nicht um die Marke Adidas – auch Puma- oder Nikeletten sind genauso des Teufels wie die Adilette und jede andere Fußlette auch. Sportiv und kurz behost adilettet der Jungmann durch die Welt. Weil er die Katastrophe seiner Existenz nicht spürt, fühlt er sich glänzend, und weil es solche Männer gibt, ist die Welt vollgeprengelt mit Autohäusern und Baumärkten. Und mit Adiletten, original verpackt, im Plastikbeutel. Wer zur Adilette greift, kommt darin um. Die Adilette ist der Abschied von Stil und Herzensbildung, ein lang gedehnter, langsamer, qualvoller Abschied für alle, die zur Augenzeugenschaft verurteilt sind.

Aber die Adilette ist doch so praktisch!, ruft jemand und hält das für einen Einwand. Ja, stimmt genau, praktisch, und das ist ja das Furchtbare, das Primat des Praktischen, die Diktatur des Nützlichen, die patente Menschen hervorbringt, die sich gern zusammentun und verbünden zu wetterfesten Pärchen.

Zu Tode betrüblich ist der Anblick einer Adilette tragenden Frau. Frau und Adilette geht gar nicht. Die Adilette schändet den Frauenfuß. Der Herrenfuß ist mir gleichgültig, er gibt mir nichts. Der Frauenfuß aber ist zauberhaft: feingliedrige Zehen, die sich vorn runden zu süßen Nupsis wie kleine Kirschdauerlutscher. Da kann der Herrenfuß doch gleich nach Hause gehen. Und komme mir niemand damit, das sei jetzt positive Diskriminierung von Frauen. Wenn ich mich in der Welt um- und mich selbst ankucke, stelle ich fest: Ein bisschen positive Diskriminierung können wir alle ganz gut gebrauchen.

Alptraumhaft erinnere ich mich an die erste Begegnung mit einer Frau, die ich Adiletta zwar nicht nennen möchte, aber wohl so nennen muss. Sie war hochgewachsen, ihre Silhouette die reine Poesie, und für ihr Lächeln hätte ich mich kreuzigen lassen. In schüchterner Bewunderung glitt mein Blick an ihr herab – und dann: Hölle ist ein zu mildes Wort für das, was ich sah. Oberflächlich war es ein Tritt ins Gemächt, doch ging er tiefer, ins Gemüt. Ich wollte nicht weiterleben. Adiletta aber schlurfte und schlappte gleichgültig davon.

Frauen dürfen, außer blöd sein, so ziemlich alles. Aber nicht schlurfen! Schlurfende Frauen rauben einem den Lebensmut. Man kann dann nicht mehr.

Die Adilette ist ein Missgriff, immer. Am Frauenfuß aber wird sie zu einem Verbrechen gegen Schönheit und Menschlichkeit. Frauen, bitte: Meidet die Adilette! Und wenn sie schon in eurem Besitz ist – entsorgt sie. Gebt sie zum Giftmüll! Ein Castorenzug bringt die Adilette weit weit fort, und am Horizont schreibt das Abendrot die frohe Botschaft leuchtend in den Himmel: Nie wieder Schlappen!

Affäre Waschbrettkopf

Eine Farce

Am 20. Juli 1999 hielten es der deutsche Bundeskanzler Gerhard Schröder, sein Verteidigungsminister Rudolf Scharping und sein Außenminister Joseph Fischer für eine gute Idee, ausgerechnet im Berliner Bendlerblock eine Rekrutenvereidigung durchzuführen - der Bendlerblock ist das Gelände, auf dem die Nazis Widerstandskämpfer hinrichteten. Der Ort war mit Bedacht gewählt: Die deutsche Regierung, die sich mit anderen in einem Angriffskrieg gegen Serbien befand, behauptete damit, dass deutsche Soldaten, die Serben angriffen, eigentlich retrospektiv gegen Adolf Hitler kämpften. So absurd das klingt, so ernst war es doch gemeint. Geschichtsfälschung und Gehirnwäsche funktionierten sehr gut; die meisten Deutschen schluckten den Unsinn ohne Murren.

Etwa 20 Berlinerinnen und Berliner aber waren bei Verstand und störten die organisierte Seligsprechung deutscher Soldaten, indem sie nackt dazwischen liefen. So sehr ich ein Verfechter der vollständigen Angezogenheit auch im Sommer bin - diese Aktion gefiel mir, sie war strategisch intelligent: Fernsehkameras nahmen auf, wie deutsche Feldjäger mit Demonstrantinnen und Demonstranten umsprangen. Mit großer Brutalität gingen sie gegen die Frauen und Männer vor, und im Fernsehen konnte jeder sehen, was Feldjäger tun: zu fünft, angezogen und bewaffnet, auf eine nackte Frau losgehen, sie zusammenschlagen und fortschleifen. Gerhard Schröder wurde vor der Kamera zu dem Vorfall befragt und kommentierte ihn wörtlich so: »Das bestätigt, dass es nicht immer die Mädchen mit den besten Figuren sind, die sich ausziehen.« So ist er, der deutsche Kanzler Gerhard Schröder: schlicht und vom Land, nach Gutsherrenart gebacken.

Ich hatte das Privileg, die Angelegenheit in der *taz* zu beschreiben und nannte Schröder dort »den obersten Waschbrettkopf des Landes«; die Feldjäger bezeichnete ich entsprechend ebenfalls als »Waschbrettköpfe«. Das war sehr milde formuliert, die Feldjäger aber fühlten sich beleidigt und klagten in Gestalt eines Major Güldner – nicht etwa, weil ich sie mit Gerhard Schröder gleichgesetzt hatte, was wenigstens originell gewesen wäre, sondern ganz dumpf wegen »Beleidigung der Bundeswehr«, eventuell sei sogar »Volksverhetzung« im Spiel. Das Ganze geschah mit ausdrücklicher Billigung des damaligen Verteidigungsministers Scharping. Das Amtsgericht Berlin verurteilte im September 2000 wegen »Beleidigung der Bundeswehr« zu einer Geldstrafe. Ich wusste gar nicht, dass man solche Typen beleidigen kann.

Anwalt Albrecht Götz von Olenhusen und ich waren vor allem sehr erstaunt darüber, dass ein Wort beleidigend sein kann, obwohl es gar nicht existiert: »Waschbrettkopf« gibt es im Duden nicht, es handelt sich um eine originäre Wortschöpfung. Wo aber steht geschrieben, dass diese Vokabel herabsetzend gemeint ist? Wir gingen in Berufung – und baten etwa 50 befreundete Dichter, Schriftsteller, Maler, Zeichner und Musiker um ein Gutachten zur Frage: Wer oder was ist ein Waschbrettkopf? So kam eine imposante Mappe zusammen: Gedichte, Prosastücke, Zeichnungen, sogar Gemälde, und viele Gutachterinnen und Gutachter beschrieben den »Waschbrettkopf« sehr positiv – als ein nützliches Gerät, auf dem man seine Wäsche durchwaschen und Musik machen könne. Die Duden-Redaktion lieferte uns die vermeintliche Trumpfkarte, ein echtes Ass im Ärmel: Ein Wort, das noch gar nicht »in die deutsche Sprachfamilie integriert« sei, so formulierten die Duden-Leute, sei in seiner Bedeutung noch nicht erfasst und könne deshalb auch nicht justiziabel sein – erst nach etwa 15jährigem Aufenthalt in der Sprachfamilie könne entschieden werden, ob es sich um ein neues Wort handele, oder ob man es nur mit einer kurzlebigen Modeerscheinung zu tun gehabt habe.

Die Formulierung »die deutsche Sprachfamilie« gefällt mir sehr: Man sieht alle Wörter im Wohnzimmer sitzen, alte, mittlere, junge, manche sind auch schon tot und keiner merkt es, und die kleinen sind noch auf Probe da. Erst nach 15 Jahren, wenn sie also in der Pubertät sind, Drogen nehmen, abscheuliche Musik hören und noch abscheulichere Anziehsachen tragen, werden sie dann aufgenommen in die Familie – oder eben verstoßen. Jedenfalls konnten wir grandiose Gutachten vorlegen. Kai Struwe, Sänger und Kontrabassist des Spardosenterzetts, hatte sogar eine musikalische Expertise angefertigt, ein Lied, das wir ebenfalls vor Gericht vorlegen wollten, das also im Gerichtssaal vorgespielt und -gesungen werden sollte.

Justiz und Humor haben es schwer miteinander – unser Antrag wurde abschlägig beschieden, und auch die anderen schönen Gutachten interessierten die Richter am Berliner Landgericht nicht allzu sehr. So hatte Kai Struwes »Waschbrettkopf«-Lied zwar im Januar 2001 Premiere, aber nicht vor Gericht, sondern erst nach der Verhandlung, draußen, vor dem Gerichtsgebäude.

Der Vorsitzende Richter ließ zwar durchblicken, dass er die Sache für eine Farce hielt, konnte oder wollte sich aber nicht zu einem ordentlichen Freispruch durchringen. Er verurteilte mich zu einer Geldstrafe von 2.100 DM – die er allerdings für zwei Jahre zur Bewährung aussetzte. Das war ein Novum in der deutschen Justizgeschichte – ein solches Urteil hatte es noch nicht gegeben. Wir akzeptierten. Bis Ende Januar 2003 also lebte ich auf Bewährung. Die zwei Jahre als Krimineller auf Probe waren sehr aufregend für mich, ja, sie zählen zu den glücklichsten meines Lebens – vor allem wegen meiner Bewährungshelferinnen. Vielen Dank.

Im März 2003 fand die Angelegenheit auch formaljuristisch sprachlich das ihr angemessene Ende. Es erging folgender Gerichtsbeschluss: »In der Strafsache gegen Wiglaf Droste wird festgestellt, dass es mit der Verwarnung aus dem Urteil des Landgerichts Berlin vom 22.01.2001 sein Bewenden hat. Der Verurteilte hat sich, soweit ersichtlich, bewährt.« - »Soweit ersichtlich« - stimmt genau.

Guido Westerwelle

oder

Die Libido von Guiguido

Alles, was er hatte
war Krawatte

Wullacken im Weserbergland

Im Sommer 1999 schenkte mir Vincent Klink zwecks Gartenarbeit eine weiße Latzhose. Ich wollte mir gar nicht vorstellen, sie jemals anzuziehen. Die Latzhose, eine der Hauptgeißeln der späten siebziger Jahre, ist zu Recht tot und begraben. Dachte ich: Als ich Mitte August 2001 auf der Popkomm mitbekam, dass Jochen Distelmeyer, der pathetische Texter und Sänger der Band Blumfeld, in weißer Latzhose zum Konzert antrat, als Unschuld aus Bielefeld-Brake quasi, wurde mir noch einmal retrospektiv flau.

Sommers im Weserbergland allerdings ist eine Latzhose das bestürzend richtige Kleidungsstück. Bei gut dreißig Grad, mit Schüppe, Spitzhacke, Schub- und Sackkarre in Mergelboden, Kompost und Sand, sind Latzbuxe und Maurersandalen (mit Stahlkappe!) das Einzige, was man tragen möchte. Jeder Jugendliche, der Landarbeit fürchtet und vor ihr abhaut, wohin auch immer, hat Recht und tut gut. Mit vierzig, für vier, fünf Tage als Aushilfe, ist mir die Maloche sehr recht. Mal so richtig schön unfiligran wullacken! Das Schwitzwasser spritzt vom Gesicht, läuft hinten die Kimme runter, ich wuchte Bruchsteine zu Trockenmauern. Wer für diesen Fez in die Muckibude geht, vernatzt sich selbst.

Nach der Arbeit lockt das Mysterium Mycel. Anis-, Feld- und Waldchampignons fand ich hier oft, Parasol stets reichlich, manchmal Freund Steinpilz, den netzstieligen Hexenröhrling und den geselligen Rasling. Jetzt ist der Boden pulverknuspertrocken, nichts gibt es, nicht einmal modriges Morcheln in der Nase. Am Feldhang wächst Quendel, wilder Thymian, und duftet herbe; Grillen machen mächtig Radau. Hitze steht in der Luft, sattgelb leuchten Stoppelfelder, die

Erde staubt, das olfaktorische Gedächtnis führt mich Jahrzehnte zurück. Aus der Riecherinnerung steigt ein Bild auf: Spätsommer, ein barfüßiges, mageres, braun gebranntes Kind rennt über abgemähte Weizenfelder, zerschrammt sich die Knöchel, flitzt weiter, und ein bunter Papierdrachen steigt hoch in den Himmel.

Ein Traktor klöddert übers Feld, einen Anhänger mit der Aufschrift »Krone« hintendran, fährt übers Stroh und schluckt es, feuert aber nicht Heubunde heraus, wie ich's von früher kenne; hier wird das Stroh zu großen Rollen gepresst, die vieldutzendfach auf den Feldern liegen, als hätten die Götter spaßeshalber ein wenig gekegelt. Am Weg, sich sonnend, liegt goldgrün eine Blindschleiche; in meiner Hand ist sie warm und trocken, gar nicht glipschich wie die Nacktschnecken, die das Land verheeren. Über 500 von diesen Schleimern hat die Nachbarin an einem Morgen in ihrem Garten zusammengeklaubt und mit kochendem Salzwasser übergossen; Funny van Dannen erzählt, seine Frau schnitte die Viecher mit dem Messer in zwei Hälften, während er ihnen tierlieb eine faire Chance gibt, sie einsammelt und zur nächsten verkehrsreichen Straße bringt. Künstler haben oft die interessantesten Ideen.

Die Blindschleiche hüpft ins Gras und gleitet davon, und auch ich mache mich vom Acker: Marlon Sonnenbrando geht nach Hause, in die Stadt.

Depressionsgruppe ahoi!

Alle reden von der Winterdepression. Warum nur? Die Sommerdepression ist doch die viel größere Herausforderung. Zwar nimmt man als Depressionsprofi auch die Winterdepression mit und nickt die allgemeinen Wehklagen über Lichtmangel, Kälte, Trüb- und Düsternis auch mit freundlichem Desinteresse ab, aber die flache Hürde der Winterdepression ist für gewöhnlich mit links gemeistert. Die Sommerdepression ist ein ganz anderes Geschütz - vor allem, weil man im Sommer so viel mehr Grund zur Schwermut hat.

Denn wenn es auch sommers hie und da honigsüß nach Linde duftet und nach diverser Blume - so müfft's doch meistenteils brachial güllig aus tausend Gullys. Ratten, taumelig und träge, schnüren schlurfig am Kanalufer und fliehen den Passanten allenfalls noch andeutungsweise, wie höhnisch ihn verspottend. Die Kanalisation läßt faulige Fürze aufsteigen, warmer Wind pustet sie in alle Ecken der Stadt. Der Hühnerhaus-Imbißverbrecher ums Eck stinkt zum Himmel und zum Balkon. Das ist die berühmte Berliner Luft-Luft-Luft, sie mulmt den Kopf ein und kocht ihn weich. Setzt man sich aufs Fahrrad, um immerhin etwas kühlenden Fahrtwind zu erhaschen, geht auch das in die Grütze: Der im Winter angenehm verpackte und verschnürte Mitmensch zeigt im Sommer allen alles. Das Fleischerne kommt ans Licht, auch wenn die Blindenhunde knurren. Unterwäsche heißt Unterwäsche, weil sie unter anderen Kleidungsstücken getragen wird - nicht aber von der Sommersorte Mensch, o nein! So erfährt man, dass viele Menschen gleich welchen Geschlechts Tangas tragen. Das ist ja hochinteressant.

Notdürftig bedeckte Analfalten, die doch zu den sehr privaten Regionen des Körpers zählen, werden dem leis erschauernden Betrachter unter die Nase und vor die Augen gereckt. Schwangere sonder Zahl eiern über die Gehsteige; es ist ein Gerücht, dass die Deutschen ausstürben: Kraft ihrer Ei- und Samenzellen lehnen sie sich mächtig dagegen auf. Viele viele Muttiregistertonnen rollen heran und fahren Kinderwagen auf, oder deren Vorstufe: unbedeckte Wasserballbäuche mit Gummistöpselnabel. Der Betrachter hat größte Mühe, gerade noch durchzuhuschen. Was soll er sagen als: Ja, sicher, das alles gibt es wohl. Doch vieles, das privat sehr schön, wird öffentlich nicht gern gesehn. So wendet er sich ab von der massenhaften Bedrückung und neigt sich einer vergleichsweise tröstlichen Depression entgegen.

Das Schöne an der Depression ist, dass man sie ganz für sich allein hat. Anders als der zwangsfröhliche Charakter braucht der Depressive keine Selbstversicherung durch die Gruppe. Jeder ist seine eigene Depressionsgruppe. Was nicht heißt, dass man sich nicht hin und wieder zusammenfinden kann mit einer anderen solitären Depressionsgruppe. Dann wird Musik aufgelegt, zauberhaft melodiös und von so unirdischer Süße und Schönheit, dass man aus dem Fenster springen möchte.

Doch Vorsicht: Das gilt nicht bei Leuten, die Parterre wohnen oder im ersten Stock. Das sind Depressionsangeber oder Depressionssimulanten, Depression-*light*-Mitläufer, Trittbrettdepressive, die sich interessant machen wollen. Sprechen wir lieber vom harten Kern, der weiß, wie es ist: Man muß nicht traurig sein, wenn die Depression geht. Man weiß ja, dass man sich bald wiedersehen wird. Die Depression ist dem Depressiven eine treue Geliebte.

Groß sind die Abende, wo man im engen Kreis befreundeter Solitärdepressionsgruppen beieinander hockt und sich die deprimierendsten Ereignisse der letzten Zeit erzählt, die Verwick- und Verwurstelungen des Lebens, die Hürden, die schier nicht mehr nehmbar schienen, die Klippen, an denen man beinahe zerschellte, Geschichten von Lebensmüdigkeit, Verzweiflung, Paranoia und Eben-noch-davongekommen-Sein, die soviel wahrhaftiger und lustiger sind als alles, was man hierzulande als Komik aufgedrängelt bekommt - oder als ihr Gegenteil: als *Comedy*. Wer von wahrem Humor sprechen will, darf von der Depression nicht schweigen.

Beobachtung eines Zonenbrötchens

Reisen ist herrlich: Unterwegs sein, in Bewegung sein, Fahrtwind im Gesicht – hach ...! Frau Knopf chauffiert den Wagen, ist mithin Fahrwart, ich als Beifahrer bin Flüppchen-, Kaffee-, Musik-, Bütterkes- und Plauderwart. Munter und gut gelaunt nehmen wir sogar einen Anhalter mit, einen jungen Mann, der ein großes zusammengeklapptes Metallgerät mit sich führt. Er verstaut es im Kofferraum. »Mein Bauchmuskeltrainer«, sagt er später stolz und möchte darüber reden. Da fahren wir leider schon und können ihn nicht mehr aus dem Wagen werfen.

Aber an der nächsten Raststätte ist er fällig. Das ist in Börde bei Magdeburg. Ich tanke und wasche die Scheiben, Frau Knopf hat derweil ein Brötchen gekauft. Das Brötchen heißt »Just for fun – der Frischesnack« und ist laut Etikett angeblich ein »Salamibaguette«. Hergestellt wurde es bei »Hess-Snack« in 14822 Borkheide, ist also ein waschechtes Zonenbrötchen mit Hess-Appeal. In einem Anfall temporärer Bewusstlosigkeit beiße ich dennoch hinein. Schon auf der Zunge beginnt die Kaumasse zu zischeln und zu britzeln, in der Kehle bleibt sie stecken. Ich greife zur Wasserflasche. »Nein!«, ruft Frau Knopf. »Kein Wasser – Cola! Sowas muss man mit Cola wegspülen!«

Ich tue wie mir geheißen; der Börder Zonenbrötchenpfropfen wird in einer Colaflut die Speiseröhre hinabbefördert, dann ist es besser. Ich rekonvalesziere, fühle mich aber nicht transportfähig. Es wird ein paar Tage dauern, bis ich mein Lieblingspräteritum werde aussprechen können: Ich genas.

»Lass mich hier liegen, es ist nur eine Würzfleischwunde«, ächze ich cowboyhaft. »Ohne mich hast du vielleicht eine

Chance.« Frau Knopf fackelt nicht lange und fährt los. Kurz vor der Autobahnauffahrt steht ein weiterer Anhalter. Er hat keinen Bauchmuskeltrainer bei sich, sondern etwas sogar noch Verabscheuungswürdigeres: eine elektrische Gitarre. Frau Knopf lädt den Stromgitarristen ins Auto und braust davon.

Ich bleibe und beobachte das Zonenbrötchen. Es liegt in der prallen Sonne und verändert sich nicht. Es schimmelt nicht, es stinkt nicht - es ist geimpft, fitgespritzt, gedopt. Tagelang liegt es in der Hitze, die ihm kein Fitzelchen Leben einhaucht. Man kann einem Zonenbrötchen nicht beim Sterben zusehen, denn es ist schon tot.

Ich harre aus und werde zum späten Wiedervereinigungsgewinnler. Nie scheute ich mich, die Bewohner der Zone mit dem gemeinen Wort Zonis zu belegen, so wie man ein Brot mit Schlimmeaugenwurst belegt. Doch hier, in Börde, lasse ich Zurückhaltung walten, denn ich lerne die allerreizendsten Damen kennen. Sie sehen mich mit meinem Zonenbrötchen sitzen; neugierig schnuppernd kommen sie näher, und ich stelle ihnen den gummigen Happen als Doktor Gregor Gysi vor. Dann sagen sie, wie sie heißen, und es wird ein bisschen traurig. Wenn jemand Sandy heißt oder Mandy, dann ist das der Ersatz dafür, dass die Eltern nicht uneingeschränkt reisen durften: Mandy heißen statt Reisefreiheit.

Die schwatzhafte Vagina

Eve Enslers »Vagina-Monologe« auf deutschsprachigen Bühnen

Muttermund geht nicht mehr stille durch die Abendwolken hin. »Meine Vagina war schwatzhaft«, heißt es in Eve Enslers Stück »Die Vagina-Monologe«, und das ist nicht gelogen. Der Unterleib spricht und quasselt ohn' Unterlass, und manchmal singt er sogar: »Meine Vagina singt die Lieder der Mädchen, die Lieder mit dem hellen Klang der Ziegenschellen, die stürmischen Lieder der herbstlichen Felder, Vagina-Lieder, vertraute Lieder meiner Vagina ...«

1996 wurden die »Vagina-Monologe« in New York uraufgeführt. Seitdem sorgen vor allem prominente Gaststars für ein volles Haus: Glenn Close, Melanie Griffith, Kate Winslet und die Frau des Bürgermeisters Giuliani traten auf und sprachen Vaginalien. Warum auch nicht? Wenn's denn auf der Bühne weniger schlammig zuginge als in den Nachmittagstalkshows, es wäre schon ein Gewinn. Das ordinäre, grobe Gerede übers Untenrum verletzt das Menschenrecht auf Intimität. Wenn schon gesprochen werden muss zum Thema, dann möge ein leises, zartes Lied ertönen: O wie schön ist Vagina!

Eve Ensler hat anderes im Sinn. Sie leistet Missionsarbeit für den Planeten Vagina. »Mit vielen Frauen führte ich Gespräche über die Menstruation. Daraus formte sich langsam so etwas wie ein Chor, eine Art leidenschaftlicher kollektiver Gesang. Die Frauen waren sich gegenseitig das Echo. Also ließ ich die Stimmen ineinander bluten, und ich ging im Fließen des Blutens verloren.« Nicht nur Eve Ensler verschwand im Fluss des Blutes, auch Stil und Verstand gingen mit über die

Wupper. »Vagina. Jetzt habe ich es ausgesprochen. Vagina. Und nochmal. Ich habe in den letzten drei Jahren dieses Wort immer wieder ausgesprochen.« Vor soviel emphatischer Selbsthypnose verneigt man sich in scheuer Ehrfurcht. Wenn eine den lieben langen Tag immerzu »Vagina, Vagina, Vagina« vor sich hin trötet, dann steht sie unter dem ganz besonderen Schutz des großen Manitou.

Denn um Religion geht es, ums Glauben, und das benötigt die Bedrohung, braucht ein tatsächliches oder auch nur eingebildetes Verfolgtwerden. Wenn man sich nicht verboten und verfemt wähnen kann, macht das ganze Gläubischsein keinen Spaß. »Vagina. Ich spreche es aus, weil es ein unsichtbares Wort ist, ein Wort, das Angst, Verlegenheit, Verachtung und Ekel hervorruft.« Das stimmt zwar überhaupt nicht, wird aber gerne behauptet. Wie sonst könnte Eve Ensler Welt und Vagina retten, und das muss und möchte sie doch so dringend: »Hier ist der Ort, um das Wort laut auszusprechen, denn wir wissen, es ist das Wort, das uns weiterbringt und frei macht: Vagina.«

Vagina macht frei? Ist das wahr? Ein Kerl, der den Penis so anpriese, kriegte den Vogel gezeigt oder sonstwas. Dass man von Penis-Dialogen erfreulich verschont bleibt, ist eigentlich kein Grund, über Vagina-Monologe aus dem Häuschen zu geraten. Doch wenn die Frauenfreiheit auf dem Spiel steht im sagenhaften Lande Vagina, muss die Ratio schlafen gehen – und Platz machen für Komplimente höchst zweifelhafter Natur: »Meine Vagina war ein lebendiges feuchtes Wasserdorf. Meine Vagina war grün, Wasser, weichrosa Felder, eine Kuh, Muhen ...« Grün? Eine Kuh? Muhen? Wenn man sich schon metaphorischen Blödsinn ausdenkt, muss er dann so uncharmant sein?

Juliane Werding hatte da keine Skrupel. »Wenn du denkst, du denkst, dann denkst du nur, du denkst, ein Mädchen kann das nicht«: Die Sängerin dieser legendären, hitparadentauglich populärfeministischen Zeilen war mit von der Partie, als die »Vagina-Monologe« in München in deutscher Sprache aufgeführt wurden. Schon die - in der deutschen Ausgabe verständlicherweise nicht übersetzte - Widmung reißt den Leser tief hinein in die wilde, wilde Welt der Vagina: »For Ariel, who rocks my vagina and explodes my heart.« Denn Ariel rockt nicht nur sauber, sondern rein.

Auch in Hamburg und Stuttgart kam Enslers Text auf die Bühne, in Hannover und in Köln - und in der deutschesten aller deutschen Landeshauptstädte: in Palma de Mallorca, unter einem Titel, dessen Gutturalität dem Thema doch weit gerechter wird als das vergleichsweise fade, blasse »Vagina-Monologe« es vermag: »Los monólogos de vagina«. Auch in Berlin wurde der rosarote Provinzschocker gegeben. Iris Berben, Hannelore Elsner, Katja Riemann, Esther Schweins, Ulrike Folkerts und andere Schauspielerinnen waren aufgeboten, Enslers Text zu sprechen bis zum vaginalen Finale - denn ewig plappert die Mumu:

»Das Herz ist in der Lage zu opfern.
Wie die Vagina auch.
Das Herz ist fähig zu vergeben und
wiedergutzumachen.
Es kann seine Form verändern
um uns hereinzulassen.
Es kann sich ausdehnen, um uns herauszulassen.
Wie die Vagina auch.
Es kann Schmerzen auf sich nehmen für uns
und sich anstrengen für uns, sterben für uns
und bluten, uns herausbluten in diese schwierige Welt.
Wie die Vagina auch.«

Lyrik ist schwyrik, leicht wird sie schmyrik. Wie Eve Enslers Gerede über die Vagina auch.

Alle Zitate aus: Eve Ensler, »Die Vagina-Monologe«, Edition Nautilus, Hamburg 2000.

Schreibtischväter

Wenn schwache oder ausgeschriebene Journalisten Kinder bekommen, geht es den Kindern an den Kragen. Endlich haben die Journalisten ein Thema, wie sie es lieben: selbstgemacht und gratis, man muß auch das Haus nicht verlassen oder recherchieren, nur ein bisschen zukucken und abhorchen, gegebenenfalls etwas nachhelfen und ermuntern, aber der Aufwand ist gering, und man wird das Zeug los. »Kinder und Tiere gehen immer«, sagt der Chefredakteur und blecht, und fertig ist die neue Spezies im Journalismus: Schreibtischväter.

Kinder - manchmal sogar die eigenen - können Sterne in den Augen haben, umwerfend charmant sein, entwaffnend natürlich und überhaupt ganz reizend. Damit sind sie das exakte Gegenteil ihrer über sie schreibenden Väter. Schon im Kreißsaal geht das los, denn schon aus der Geburt läßt sich eine Kolumne herauspressen. Am offenen Muttermunde hocken die Schreibtischväter stasihaft herum und locken mit falscher Freundlichkeit, wie fiese Schokoladenonkels: Los, komm raus, ich will über dich schreiben. Kein Wunder, dass es so viele Spätgeborene gibt.

Ist das Kind einmal da, wird es rigoros ausgequetscht. Schreibtischväter betrachten ihr Kind als ihr persönliches Kapital und beuten es aus nach Gewohnheitsrecht. Vieles kann beschrieben werden, so banal es auch sei, denn das Kind wird schon für die rettende Pointe sorgen, und sei es nur mit der Bestätigung des Gemeinplatzes, dass Kindermund eben Wahrheit kundtut. So ergehen sich Schreibtischväter im Kauf eines Jeansanzugs für das Töchterchen und in der U-Bahn-Fahrt mit dem Sohn. Hat er nicht ganz wundersam auf den Bettler reagiert? Brav, gut gemacht! Manchmal aber funktionieren sie nicht, die Blagen, dann werden die Schreibtischväter nervös und sauer, und kurz vor Redaktionsschluss brüllen sie ihre Botten an: Sag endlich etwas Originelles, das ich zitieren kann, los los, gleich muss ich abgeben, tu jetzt irgend etwas Besonderes! »Wachsen Ananas auf Bäumen?«, fragt der eingeschüchterte Knabe dann folgsam, Papi ist gerettet, daraus kann er etwas machen, ein ganzes Buch, und sogar den Titel hat er schon, Sohn sei dank. Kinderarbeit nennt man das.

Schreibtischmütter gibt es weniger als Schreibtischväter; das liegt daran, dass schreibende Frauen meist als Autorinnen angesehen werden wollen, nicht als Mütter. Schreibtischväter dagegen werten sich mit ihrer Schreibtischväterei auf: Schaut her, wie ich als Mann so sensibel bin und mein Kind liebe! Was so demonstrativ ins Schaufenster gestellt wird, ist in der wirklichen Wirklichkeit selten im Angebot.

Wenn einer sein Kind hernehmen muss, um sein Brot zu verdienen, ist er im Eimer – was ihn nicht hindert, immer so weiter zu machen, und irgendwer wird den Schammes schon in Druck geben. Nur eins haben die Schreibtischväter nicht bedacht: die Rache ihrer Kinder, die ihnen gewiss ist. Irgendwann sind sie groß genug, die Geschichte aus ihrer Sicht zu erzählen: Wie unangenehm es ist, von einem einfallslosen Sack bedrückt zu werden, der sein Kind unablässig bespitzelt, damit es ihm sein ödes Leben rettet.

Ich eifersüchtig? Ich?

Wie? Eifersüchtig? Ich? Wie kommst du denn da drauf? Ich weiß gar nicht, was das ist, Eifersucht. Ich kenn das Gefühl gar nicht. Total peinlich ist das. Eifersucht ist für Idioten. Für atavistische Typen, die sich aufführen und den Lärrie machen. Eifersüchtig? Ich mach mich doch nicht zum Horst.

Ja sicher hab ich dem Typen die Finger gebrochen. Und würds wieder tun. Jederzeit. Aber sofort. Mit dir hat das gar nichts zu tun. Nun bild dir mal nichts ein, ja? Der Typ ist Gitarrist - und zwar ein ganz schlechter. Ein hundsmiserabler Gitarrist ist das. Und deshalb hab ich dem die Finger gebrochen. Knack, knack, knack, einen nach dem andern. War ne starke Sache. Hat richtig Spaß gemacht. Nicht, weil der dich damit angepackt hat, mit diesen Fingern. Pöh! Mir doch egal, was der alles anfassen darf. Dein Gesicht. Deinen schönen Mund. Deine Ohrläppchen. Deine Beine. Vielleicht sogar die Kniekehlen. Wie oft Kniekehlen vernachlässigt werden ... Dabei sind die so klasse. Jedenfalls deine. Und deinen unglaublich hübschen ... und deine süßen ... nee, nee, nee. Da denk ich gar nicht dran. Ich bin doch nicht bescheuert. Geht mich doch auch gar nichts mehr an. Genauso wenig wie der Typ.

Die Finger hab ich dem wegen der Musik gebrochen. Absolut. Nur wegen der Musik, ganz klar. Ich hab's für die Kunst getan! Kunst ist keine Sache, die man hübsch hinstellt und herrichtet, um sie zu verkaufen. Nicht so'n bisschen pingeling auf der Gitarre und dabei grinsen und knuffig aussehn! Kunst hat mit Wahrheit zu tun. Jawohl: mit Wahrheit! Und genau davon versteht der Typ gar nichts! Nichts, verstehst du? Nichts. Wenn einer Carlos Santana rechtzeitig die Finger gebrochen hätte, wäre der Welt eins der peinlichsten Revivals überhaupt erspart geblieben. Wenn ich mir nur vorstelle, wie der eine Gitarre in die Hand nimmt, da fallen mir nur noch drakonische Maßnahmen ein. Genau wie bei diesem Typen. Musik ist was Heiliges, und ab und zu muss einer den Tempel ausfegen. Also schmink dir das mal ab mit der Eifersucht.

Ach – reden kann der so gut? Das ist ja ganz klasse. So richtig großartig ist das. Und wenn ich dir seinen Kopf bringe, so im Postpaket oder im Plastiksack, oder eingegossen in Kunstharz, und ihn dir hinstelle wie einen Computerbildschirm – redet der dann auch noch? Ja? Und was redet der dann? Immer noch ganz tolle Sachen? Da wär ich ja echt mal gespannt.

Nein – mach dir keine Sorgen: Ich mach das nicht. Ich mein das nicht so. Ich hab das nur so gesagt. Im Spaß. Und das mit seinem Gesicht – mein Gott, was hat dieser Fredie auch mit seinem Gesicht vor meinem Knie zu suchen? Das kannst du mir wirklich nicht vorwerfen. Ich glaub, das ist einfach einer, der sich gern bückt. Überhaupt nicht dein Stil, die Pfeife. Überhaupt nicht. Wissenschaftler sagen, man kann die ganze Welt in Nullen und Einsen beschreiben. Wenn alle so wären wie der, würden die Nullen aber reichen.

Ach, geschenkt – der Typ interessiert mich doch gar nicht. Und außerdem: Ich bin nicht eifersüchtig. Ich nicht. Ich muss dann mal los. Pass auf dich auf, Süße. Und lass dich nicht wieder mit so nem Lutscher ein. Mit so ner Lusche. Na, wir sehn uns dann …

Nennt mich Latte Centrale!

Ein Schweiz-Koller im Bergell

HACH JA, DIE SCHWEIZ: Einmal, im Berner Oberland, in einem winzigen Ort namens Mauss, sah ich, etwas außerhalb der Ortschaft, vom rot-blauen Zwielicht der Dämmerung umfangen, eine Hütte, an deren Stirnseite das Wort CHÄSI stand. Was das wohl war? Ich ging etwas näher heran, dann roch ich, was ich geahnt hatte: eine Käserei. Und was für eine. Die Nasenflügel zitterten unter dem olfaktorischen Wetterleuchten, das Wort Fußnote erhielt hier eine ganz neue Bedeutung: Gerüche von vielerlei Mauken waberten durch das Lädchen, mild-süßlich bis brennend-scharf atmete sich vergorene Milchsäure in den Raum. Auch die Anmutung manch freundlicher Analfalte hing im käsedunstbedampften Gebälk, dem Connaisseur Freude versprechend. Denn selbst härteste Stinker gehen besser über die Zunge denn durch die Nase – das Abriechen scheint doch feinnerviger sich zu vollziehen als das Abschmecken.

Nachdem ein Beutel mit »Einmal etwas von allem, bitte« gefüllt war, trat ich in den sich verdunkelnden Abend hinaus – durch den jetzt ein Berner Sennenhund herangelaufen kam, einen Holzkarren ziehend, auf dem zwei große metallene Milchkannen standen. Kurz vor der Käserei stoppte er, setzte sich und bellte zweimal kurz auf. Alsbald öffnete sich die Tür, die Besitzerin trat heraus, wuchtete beide Kannen vom Wagen, hob leichthändig zwei leere herauf, bot dem Hund auf der nach innen gewölbten Hand eine Kleinigkeit zu fressen, kraulte ihn und gab ihm einen Klaps, woraufhin der Sennenhund umdrehte und, die leeren Milchkannen im Gepäck, davontrabte, dem Feierabend beim Milchbauern entgegen. Ich bin nicht idylleresistent genug, als dass diese Szene sich nicht tief in mich eingeschnitten hätte.

Beglückender sogar noch, so war es mir zugetragen worden, sollte es im Bergell zugehen, einem Bergtal in Graubünden, das Schweizer Freunde vehement schwärmerisch empfahlen. Von Soglio auf knapp 1800 bis nach Chiavenna auf knapp 500 Metern zieht sich das Tal langlang hin und beherbergt den größten Kastanienhain Europas, der zur entsprechenden Jahreszeit ein grünes Licht verströmt, das kein LSD-Flash dem Freund der Farben bieten kann. Als dann noch Vincent Klink offenbarte, dass er zu seinen Bergwandererzeiten stets im Bergell unterwegs gewesen war, und mich zu einem Essen lud, das er in Promontogno nahe Soglio für befreundete Bergführer gab, nahm ich freudig an und zockelte los, zum äußersten Rand Graubündens, der von Italien nur einen Fußmarsch entfernt liegt.

Während des Essens saß Klink zwischen elf kernigen, gutgesichtigen Berglern, die ein sehr alt und angenehm klingendes Gemisch aus Lombardisch, Rätoromanisch und Wasweißisch sprachen, dem ich leider nicht folgen konnte. »Guten Tag« beispielsweise heißt hier »Bun di«, klingt also eher katalanisch als schweizerisch-grenzitalienisch. Das ist der naiv humanisierende Zug an fremden Zungen: Immer kann man denen, die in ihnen sprechen, freundlich unterstellen, ihre Rede sei angenehm herzlich, intelligent oder sogar beides. Diesem Eindruck widersprach nur, dass – von den servierenden Töchtern des Wirts abgesehen – Frauen nicht zugegen waren. Frauenunterschuss aber ist noch immer ein todsicheres Indiz gewesen für ein nichtgutes Lokal.

Das Nachtlager schlugen wir in Soglio auf, in der Stüa Granda, denn der Palazzo Salis war ausgebucht. Das war nicht allzu tragisch, denn wo einst Rilke seine Bettelgedichte an wohlmögende Mäzeninnen schrieb und Hermann Burger seinen Borsalino durchs Haus flanieren trug, da muss man nicht wandeln. Überhaupt ist Soglio recht verseucht von *Zeit* lesender und entsprechender Lahmenliteratur anhängender Kundschaft; neben Rilke blinkte auch der Strohhutschriftsteller Hermann Hesse turnusmäßig in der Region herum. Das zieht noch heute Seltsames an und nach sich: In der Stüa Granda, wo die – wenn auch sehr gute – Küche steifprotestantisch um 21 Uhr schließt, saßen anderntags reichlich deutsche Halbbildungsbürger unter der ernüchternden, weißgetünchten Betondecke des Lokals herum und schwärmten davon, dass sie sich »das Essen erwandert« hätten. Absurd und bäh ist solch calvinistisches, pilgrimistisches Gerede: Darf nur gut essen, wer sportiv effektiv durchs Leben leistet, ruckelt, rudert und zuckt? Und wer den ganzen Tag im Bett lag und schlief oder faulenzte oder küsste oder las und schrieb – muss der leer ausgehen? Das kann nur glauben, wem seine besserverdienende Selbstgefälligkeit schon bis unters Hirndach stieg und alles, was darunter eventuell je vorhanden war, in Gänze verdrängte. Diese *Zeit* lesenden Ödnistrompeten gehören … – tja, wohin eigentlich? In die Gefängnisse ihrer Dünkelhaftköpfe eingesperrt sind sie ja schon.

Vor dem Schlafengehen hockten wir uns mit einer Flasche Roten auf eine Steinbank am Kirchhof direkt neben der Stüa, schauten in den südlich nahen, dicht besternten und befledermausten Himmel, sprachen über die Liebe und sonst gar nicht viel. Alle Viertelstunde meldete die Kirchturmuhr die just vergangene Zeit, die man sonst glücklich nicht bemerkt hätte, und zu jeder vollen Stunde gab es die komplette Dröhnung. Das ging auch noch munter weiter, als geschlafen werden sollte und vor allem wollte. Entsprechend bimmbamm-haft seltsam waren die Träume von frauenfreien Bergführerlokalen, und so war es wohl kein Wunder, dass ich mit dem Satz im Kopf aufwachte: »Frauen sind Rettungsgemüse.«

Vormittags reiste Vincent Klink ab, die rundeste Gemse der Welt, versprach fürs nächste Mal Hiersein Murmeltierbraten und zischte davon; ich hingegen durfte bleiben. Wenn man von lauter Dreieinhalbtausendern umgeben ist, dann fühlt man, so heißt es, die Verpflichtung, auch hinaufzusteigen. Ich fühlte nichts dergleichen und lief nur so ein bisschen in der Gegend herum. Ja, das sah alles sehr gut aus, zirka alle drei Meter gab es einen kristallklaren, rauschenden Wasserfall, es gab schneeweiße Berge und blaue und grüne Bäche und Flüsse und Seen, und es gab süße, rührende Verkehrsschilder mit der Aufschrift »Achtung! Gefahr plötzlicher Hochwasser!« Dutzendweise radelten Schweizer in zwanghaft bonbonbuntem Dress steilste Pässe hinunter und vor allem auch herauf, und abends im Lokal saßen sie alle da, sportstrahlend und sowas von gesund. Und das Ärgste war: Niemand rauchte! Selbst wenn einmal eine schöne, schweizerisch hochgepflegte Frau im Lokal saß, rauchte sie nicht! Obwohl es in der Schweiz doch so wohlschmeckende Zigaretten gibt, Parisienne und Mary Long. Als Mann bin ich seit Jahren Nichtraucher - aber eine schöne Frau, die nicht raucht, was soll das? Vor lauter Blues und Verzweiflung und wieder Blues und Verzweiflung fing ich an, selbst Zigarren abzubrennen, damit überhaupt jemand rauchte.

Nach ein paar Tagen hatte ich mir die Bäche, Flüsse und Seen gründlich grün und blau gekuckt. Ich konnte sie einfach nicht mehr sehen, diese beschissen glasklaren Wasserfälle, konnte sie nicht mehr riechen, diese saubere, gute Luft, ich bekam einen Hals auf den Himmel, und wenn ich die weißen Berge sah, begriff ich, warum die Schweiz ein gigantisches Drogenproblem hat: Es ist alles so schön, rein weiß wie Heroin. Man hält das nicht aus, dieses Zwangsgesunde. Massenhaft junge Schweizer greifen zum harten Stoff, damit haben sie endlich den Druck gegen den Dreck, den es hier nicht geben darf, um keinen Preis. So sauber verklemmt sind die hier, die kaufen ihr Toilettenpapier garantiert erst nach Einbruch der Dunkelheit. Ich sehnte mich nach einer schmutzigen Stadt, randvoll mit Ruß, Abgas und Müll, mit Lärm und Kaputtniks. So weit können einen nur die Schweizer Berge bringen.

Gegen den Schweizkoller und Schweizalarm stieg ich hinab, nach Italien, wo der Kaffee besser und alles ein bißchen weniger mit Polyboy aufgemöbelt war. Überall auf dem Weg war die Schweizer Fahne gehisst, die Schweizerkreuzdichte erhöhte sich proportional zur Grenznähe. Damit der Schweizer weiß, wo er ist: auf der guten, auf der Schweizer Seite. Denn das ist des Schweizers größte Furcht und zugleich seine größte Sehnsucht - Italienier sein müssen. Und es endlich sein dürfen, aaah...

Ich kaufte zwei Flaschen Féchy, einen Laib Kastanienbrot, Butter, Bresaola von Cavallo und Cervo, einen gut nach Rosette riechenden Käse aus dem Bergell, das auf der italienischen Seite dann Val Bregalio heißt, diverse Würste, Bündner Kastanienhonig, Feigen und Pflaumen, schöpfte Wasser aus einem Bach und lief zurück. An einer Hausfront stand CENTRALE LATTE, dort gab es Milch, ich trank sie, sie war köstlich, und mich selbst gedachte ich von nun an mit einem neuen Namen vorzustellen: Nennt mich Latte Centrale.

Ich fand ein grimmsmärchenhaftes Plätzchen zum Picknicken: eine kleine Kirche, zum Heiraten schön, davor stand die kleine Statue eines Mannes mit quer aufgesetztem Zweispitz, mit Backenbart, Bäuchlein und verwegenem Blick, und ich lag am Hang und sonnte mich. Riesenameisen kamen zu Besuch, es waren die Kundschafter von der Vorhut und konnten melden: »Jungs, kommt alle! Es gibt Bresaola satt!«

Still lag ich und betrachtete die Ameisen - bis ich eine Wanderin fohlengleich den Hang hinaufhüpfen sah. Ein paar Meter entfernt legte sie sich ins satte Gras. Sie trug blaue Wanderstiefel, eine weinrote Hose, einen dunkelgrünen Pullover, hinter ihrem dunkelgoldenen Haar leuchteten bunte Wiesenblumen, und ihre Ohren waren klein wie schüchterne Becherlinge – so klein, dass es tragisch gewesen wäre, wenn sie als Wacklerin der weltkleinsten Ohren ihr Geld verdient hätte: Sensationell wäre es gewesen, und niemand hätte es sehen können. Davon aber ganz unbeunruhigt lag sie auf dem Rücken, zündete sich ein Zigarettchen an, rauchte, streckte die Beine in die Luft und rief: »Schauen Sie mal, ich baumle meine Beine nach oben!« Dann rauchte sie wieder, eine gelbe Mary Long, voller Behagen.

So wurde mir die Schweiz am Ende doch noch gerettet.

Bin ich Ami, bin ich Laden

Sozialdemokraten im Krieg: die Abschaltung des Restverstandes mit humanitärer Hilfe

(geschrieben am 12.09.01)

Am 12. September 2001 war Peter Struck ein Amerikaner. Weil ihm dabei nicht recht wohl war, wollte er, dass alle anderen ebenfalls Amerikaner sein müssten. »Heute sind wir alle Amerikaner«, ächzte der glücklose Zuchtmeister der SPD. Hatte er eine Green Card gewonnen? Oder war es nur der ganz normale, habituelle Lug und Trug? Struck mag sich tatsächlich in den Wahn hineinhypnotisiert haben, er fühle sich als leidender Bürger der USA. Wenn er an diesem Mittwoch ein Amerikaner war, was war er am Donnerstag? Libyer? Und am Freitag? Nubier? Finne? Afghane? Vietnamese? Nigerianer? Nichts von allem, sondern immer nur der immergleiche unteroffiziersdumme deutsche Sozialdemokrat Peter Struck – und somit in Form und Inhalt der verdiente spätere Nachfolger Rudolf Scharpings.

Struck war nicht der einzige, der sich aufführte, als sei die Friseuse Diana Spencer in Paris ein zweites Mal getunnelt worden. Auch seine Kollegen weideten die Angelegenheit medial aus. Stupide Technokraten konnten sich als Gefühlsmenschen deklarieren, und sie taten es in hysterischer Freude über die Gelegenheit. Der Abschiebeanthroposoph Otto Schily brachte die Hohlformel »unsere amerikanischen Freunde« in MPi-Salven- Geschwindigkeit an den Mann, und Rudolf Scharping freute sich ausnahmsweise, kein Medienthema zu sein. Tausende Amerikaner mussten sterben, damit der Hormonbomber Scharping weiter Kriegsminister sein durfte. Sein Kanzler Gerhard Schröder, der an Scharping festhält, sprach beständig von einem Angriff auf »unsere zivilisierte Welt«. Eine Welt aber, die den Verteidigungsminister Rudolf Scharping duldet, gibt Zivilisation keine Chance.

Was ist Zivilisation? Wer repräsentiert sie? George W. Bush, dem die rechte Hand vom Unterzeichnen von Todesurteilen lahmt? Die Schläge gegen das World Trade Center, das Pentagon und das Weiße Haus verhelfen Bush zur Gelegenheit seines Lebens: Eine Knallcharge darf sich als Führer der freien Welt aufspielen, und keiner lacht. So gesehen war die Attacke gegen die USA ein echter Schlag ins Kontor.

Die Botschaft von New York ist klar: Es geht. Man kann, wenn man skrupellos genug dazu ist, zigtausendfachen und sogar den eigenen Tod in Kauf nimmt und also ein Drecksack de luxe ist, den führenden Drecksäcken richtig wehtun. Und ihnen deutlich machen, dass die Welt alles braucht, aber ganz sicher keine Supermacht. Diese Botschaft scheint deshalb nicht gut, weil sie von Leuten stammt, denen ein Menschenleben gutmöglicherweise sogar noch weniger wert ist als George W. Bush. Dennoch ist die Botschaft richtig.

Darüber wird nicht gesprochen. Politik und Verstand finden medial nicht statt. Gefühle werden ausgestellt, und da gilt: Je weniger einer hat, desto mehr muss er vorzeigen. Gefühle kann man erzeugen, steuern und mobilisieren. Erst heißen sie Trauer und Verzweiflung, dann Rache und Vergeltung. Wer etwas von der Psychologie der Massen weiß und sie nicht für seine Zwecke ausbeuten will, müsste sich hier also zurückhalten. Nicht immer nur das eine Bild zeigen, zu dem »unsere pluralistische Medienlandschaft«, wie der Scherbel sich nennt, fähig ist. Sondern sich der Mühe des Wissens und Begreifens unterziehen. Seine Tränen, so er welche dafür hat, für sich behalten. Den Kopf benutzen. Und zur Sicherheit einen Zweizeiler parat haben: Ich kann die Fernsehflennerei nicht leiden. / Wer heulen will, soll Zwiebeln schneiden.

Man ist kein Zyniker, wenn man kühl bleibt angesichts einer Sache, die einen persönlich wenig, politisch aber einiges angeht. Ein Zyniker ist man, wenn man sagt: »Heute sind wir alle Amerikaner.« Ich war kein Amerikaner und werde auch keiner sein. Peter Struck übrigens auch nicht, aber der Mann ist Sozialdemokrat, also in Friedenszeiten gegen und in Kriegszeiten sehr für den Krieg. Rudolf Scharping, der Irre aus Lahnstein, singt frei nach Petar Radenkovic: »Bin ich Rudi, bin ich König, bin ich Ami, bin ich Laden.«

Die paar Handvoll jubelnde Palästinenser, die man wieder und wieder zu sehen bekam, um - ohne zu wissen, wo und wann die Bilder aufgenommen wurden - alle Palästinenser zu präjudizieren und richtig schön billig hassen zu dürfen, waren wahrscheinlich nicht restlos repräsentativ. Später erfuhr man, dass Journalisten sie mit Kleingeld und Süßigkeiten zum Jubeln animiert und bezahlt hatten. Sie erinnern an die alte Regel, dass arme Schweine sehr leicht eben auch Schweine sind. Solange daran nichts geändert wird, so lange ändert sich nichts.

Die Mutti der Nation

Ich sah Doris Schröder-Köpf. Am 23sten September 2001, an einem Sonntagnachmittag in Berlin, im Stadtbad Neukölln. Wir waren nicht zum Schwimmen da. Sondern zur Kinderstunde: »Der Kanzler wohnt im Swimmingpool oder Wie Politik gemacht wird«, heißt ein Buch, das Doris Schröder-Köpf gemeinsam mit Ingke Brodersen herausgegeben hat. Die Herausgeberinnen und allerlei Experten wie Thomas Gottschalk, Claus Leggewie und Ulrich Wickert erklären allen großen und kleinen Kindern, was das ist: Politik in Deutschland. Live reißt sich ein PR-Mann vom Campus Verlag fast ein Bein aus und beteuert, dass »Doris Schröder-Köpf und ihre Tochter Klara« an dem Buch »wirklich mitgearbeitet« haben, dass es ein »Privileg« sei, mit Frau Schröder-Köpf zu arbeiten, und dass überhaupt alles ganz »hervorragend« und »herausragend« geworden sei, »in aller Bescheidenheit«, versteht sich.

Nachdem die erste Schleimspur des Nachmittags gelegt ist, senkt der zackige Mensch sein Timbre auf Halbmast und schickt »Trauer und Solidarität« nach New York. Die Herausgeberinnen haben unter einem rot-weißen Sonnenschirm am Beckenrand des alten Neuköllner Hallenbads Platz genommen, auf dem Wasser schwimmen aufgeblasene Plastikinseln und ein großer Gummidelphin. Eine Moderatorin bringt die Gefühle der anwesenden Analphabeten vom Fernsehen und der Schnittchenjäger von der Presse auf den Punkt und sagt: »Politik bestimmt unser Leben in ganz besonderem Maße. Das haben wir alle in den letzten 14 Tagen mitbekommen müssen.« Es riecht nach Chlor im Hallenbad, die Luft ist warm und legt einen feuchten Film auf viele Gesichter.

Ingke Brodersen war lange beim Rowohlt Verlag. 1987, erzählt sie, habe sie Doris Köpf in Bonn kennengelernt und ihren Sohn Paul bekommen. Als der Sohn dann sprechen konnte und zum ersten Mal Doris Köpf gesehen habe, habe er gerufen: »Mama, ein Kind!« – weil doch »die Doris«, wie Ingke Brodersen sagt, so klein und so zart ist. Es war ein geeigneter Moment, um ins Wasser zu gehen, und sei es, um den Glibber abzuwaschen, den Frau Brodersen ausschenkte. In ihrem Vorwort schreibt sie: »Mir würde es gefallen, wenn meine Tochter mit 18 für das Gemeindeparlament kandidiert und eines Tages kommt und sagt: ›Mama, ich will Bundeskanzlerin werden‹.« Die Tochter heißt Hannah und ist erst zwölf, muss also noch nicht für ein Amt kandidieren, sondern nur öffentlich vorlesen: Sie trug Beate Flemmings fiktives Tagebuch der fiktiven Kanzlerstochter Lisa vor und war dazu auch tiptop abgerichtet.

Allen Bemühungen von Familie Brodersen zum Trotz aber gibt es beim demonstrativen Mutti-und-Kind-Getuttel in Deutschland nur eine Nummer eins: Doris Schröder-Köpf. Die Frau, die im Verbund mit *Bild* und *Bild am Sonntag* die Rolle einer Volkserzieherin einnimmt, die auf deutschem Boden zuletzt Heidi Kabel, Witta Pohl und Margot Honecker innehatten, schmückte live noch einmal aus, was sie am selben Tag bereits der *BamS* anvertraut hatte: Am elften September habe sie das Fernsehen angestellt und die schrecklichen Bilder angesehen, und erst, »als meine Tochter Klara völlig in Tränen ausgebrochen ist und geschluchzt« hat, habe sie gemerkt, dass sie »einen Fehler gemacht« habe. Denn so macht das Doris Schröder-Köpf, die Mutti der Nation: Kaum ein Satz fällt in ihrer Gegenwart, in dem nicht »meine Tochter Klara« auftaucht. Weil ja das Kind behütet vor den Medien aufwachsen soll, trägt sie es wie einen Schutzschild vor sich her.

»Wassertiefe 2,90 m« stand am Beckenrand, aber alle waren im Seichten. Herbert Riehl-Heyse von der *SZ* hatte eine eher laue Swimmingpool-Bemerkung über Rudolf Scharping gemacht, und den ebenfalls anwesenden »Berlin vertraulich«-*Bild*-Kolumnisten Graf Nayhauß, das dienstälteste »Hakle feucht« des deutschen Journalismus, wollte ich mir gern sparen. Ich ging und bat eine Dame am Bücherstand um ein Buch. »Als Presseexemplar?«, bot sie an. »Nein«, sagte ich und drückte 36 Mark ab. »Das ist nichts, das ich geschenkt haben möchte.« Die Buchhändlerin schien unzufrieden. »Aber doch ein signiertes?«, hakte sie nach. Och ja, das dann schon, dachte ich, trollte mich - und wurde enttäuscht: Mutti Köpf hatte zwar unterschrieben, doch die Signatur ihrer öffentlichen Tochter fehlte. Da hatten die Medienberater einmal nicht aufgepasst.

Ich bin ein Opfer!

Ein Frauenschicksal

Auf die Frage eines *Spiegel*-Interviewers, ob er ernst genommen werden wolle, antwortete David Bowie: »Ich will genommen werden, viermal am Tag, von meiner Frau.« Das ist doch mal ein vernünftiger Mann, dachte ich bei mir. Die Absonderungen des Feuilletons kann man getrost vernachlässigen, Nehmen und Genommenwerden aber sind so selig wie das Geben.

Was dem Leben Süße gibt und Wonne, das ist gut. Genommenwerdenwollen gilt landläufig als weiblich. Als ich diskussionale Scherereien über das Thema satt hatte, erklärte ich rundheraus: »Ich bin eine Frau.« Beziehungsweise formulierte ich mit Schläue und einem etwas leidenden Unterton: »Die Gesellschaft hat mich auf meine Frauenrolle festgenagelt.« Es klang ein bisschen wie die Klärung der Verhütungsfrage: »Ich wurde auf ein Diaphragma festgenagelt.«

So wurde ich eine Frau. Ich stand am Herd, gab einem Kaninchen die letzte Ehre und hatte damit beide Hände voll zu tun. Von hinten wurde mir an den Hintern gegriffen, selbstverständlich, besitzergreifend, fordernd, und ebenso zielstrebig wie kundig tasteten Fingerkuppen nach meiner Brust. Eine ganze Frauenlandschaft tat sich auf in mir. Tagsüber Dichten für Wohnung, Bett und alles, dazu die Einkäufe, die Wäsche, das Kochen – ich war eine klassische Mehrfachbelastung. Ja, sicher, ich hätte mich wehren können, »Nein!« sagen und ein kämpferisches »No means No!« hinterherschieben, aber dann dachte ich: Ach, wenn sie doch so gerne möchte … Ich habe ja weiß Gott anderes zu tun, aber ihr macht es Freude. »Also gut, Schatz«, seufzte ich, denn

»Schatz« ist, außer »Scha-hatz!«, das Heimtückischste, das man sich privat sagen kann – auch wenn Millionen Deutsche das nicht ahnen oder wissen und sich dergestalt Gewalt antun, Tag für Tag, immer und immer wieder.

»Mutter ist Kummer gewöhnt«, ächzte ich noch, aber auch dieser keineswegs undeutliche Hinweis führte bei meiner »Partnerin«, wie man in den siebziger Jahren gesagt hätte, zu einer »Sensibilisierung« wie es in den Achtzigern dann geheißen hätte. Ich bin ein entschiedener Gegner der Todesstrafe – wer allerdings jemanden, den er angeblich »liebt«, dennoch »Partnerin« oder »Partner« nennt, dem möge ein gnädiges 16-Tonnen-Gewicht aus einer Welt heraushelfen, mit der er oder sie ohnehin nichts Erfreuliches anzufangen weiß.

Mich-Ergeben war alles. »Beine breit und an Deutschland denken!«, orgelte ich final, verkniff mir den zweiten Teil dieses Vorsatzes aber sofort. Warum Elend in den Kopf lassen, wenn man es doch gerade schön hat zu zweien oder, genauer, wenn einer von beiden es gerade schön hat?

Das Tröstliche am Sex ist: Er geht vorbei. Manchmal sogar erstaunlich maggifix. So schlimm ist das gar nicht, das hält man schon aus. Hinterher machte ich den Abwasch, hörte aus dem Bett die vertrauten, beruhigenden Schlafgeräusche, steckte mir ein Zigarettchen in den Kopf, trank noch ein schönes Glas Wein und sagte vergnügt zu mir selbst: Ich bin eine Frau, ich bin ein Opfer. Geht es mir nicht gut?

Remember remember elfter September

Groß ist das Bedürfnis nach Massenhysterie, nach kollektivem Schluchzen. Das Eintauchen in den ganz großen, weltumspannenden Tränenbottich wird als wohltuend empfunden. Große Teile der Menschheit stippen und dippen sich selbst ins Rührsoßenschälchen und verputzen sich auf einen Happs; der Geist entschwindet, das Geheule bleibt. Nicht dass noch nennenswert Verstand in Umlauf wäre, aber das Bisschen stört, das muss auch noch weg.

Kein Problem: Medienvielfalt bedeutet, dass einem Kitsch und Flennsuserei auf allen Kanälen und in allen Zeitungen um Augen und Ohren gedroschen werden. Die Gehirnwäsche ist aggressiv, und sie macht ihre Objekte aggressiv. Die kollektive Simulation von Trauer mündet rasch in das eigentliche Ziel der Übung: die Zurichtung des Kollektivs zur kriegerischen Meute. Und wo Meute ist, da ist Journalismus.

Es schlägt die Stunde der flinkfitten Mitläufer und Streber. Wo es ausschließlich noch um gleichgeschaltete Ausgüsse angeblicher Gefühle geht, ist der Sinn für das Peinliche so abgestumpft, wie Gehör und Sprachempfinden es sind. So geht auch die schäbigste Ranschmeißerei noch in Druck oder in den Äther. Peter Kloeppel von RTL wird zum Elftenseptember interviewt. Der Dackelblicker legt sich richtig ins Zeug und kommt dabei ins Tüddern: »Ich muss immer noch tief durchschlucken, wenn ich daran denke.« Tief durchschlucken: Da wollte einer der betroffnungsvollste von allen sein, und dann war es doch wieder nur der gute alte Deep Throat Kloeppel.

Wie leicht wohlfeiler Konformismus aufs Terrain des unfreiwillig Ulkigen gerät, bewies der stellvertretende Chefredakteur des Berliner *tip*, Hans-Joachim Wacker, der unter dem Namen Qpferdach schreibt, bereits in einem Editorial vom 27. September 2001: »Bastarde sind die Terroristen, die das *La Belle* in die Luft sprengten und in diesen Tagen nach 15 Jahren ihr Urteil erwarten. Der Bombe damals bin ich als regelmäßiger Besucher dieser Disco, in der gute amerikanische Musik gespielt wurde, nur knapp entgangen, weil ich nicht dort war, sondern zufällig an dem Wochenende in Westdeutschland weilte.« Das muss man noch einmal nachschmecken: »der Bombe (...) nur knapp entgangen, weil ich nicht dort war«. Der Autor hat, nachdem er diesen Gargel öffentlich machte, niemals durchblicken lassen, er habe da in Panik oder Rage Blech und Blödsinn zusammengedusselt und zur Belohnung dafür kräftig die Hühner lachen hören - er meint das ernst und bleibt dabei.

Ach ja: Wie vielen Katastrophen entgingen wir nur äußerst knapp, auf Leben und Tod quasi, nur weil wir nicht dabei waren! Und welche Opferrollen erst versäumten wir millimeterscharf, weil wir noch gar nicht geboren waren! Es ist alles eine Frage des Hysterisierungsgrades.

Das eine Fernsehvolk der einen Ersten Welt sammelt sich unter einer Fahne. Die riecht nicht gut - nach Leichen, die, im Gegensatz zu den kostbaren New Yorker Heldenresten, allerdings nicht einzeln erwähnt oder bestattet werden. Nur US-Patrioten werden Erster Klasse tiefergelegt. Wo Helden gestrickt werden, liegen die Leichensäcke schon bereit.

Euro ist egal, Fleurop jedoch nicht

Wenn man nicht innerlich gefestigt und bei guter Laune und Kampfmoral ist, sollte man Filialen der Post und der Geldinstitute weiträumig umfahren. Ich versuchte, eine Bareinzahlung auf mein Konto bei der Sparkasse zu tätigen. »Da vorne ist der Einzahlungsautomat«, beschied mich die Angestellte mit ganz knapp noch resthöflich nennbarer Stimme und wies Richtung Ausgang.

Nein, dachte ich. Ich will keinen Einzahlungsautomaten, den ich wahrscheinlich nicht verstehen werde und der mir nichts erklären kann. »Darf ich die Einzahlung bitte bei einem richtigen Menschen vornehmen?«, fragte ich mit jener stillen Verzweiflung im Herzen, die einen ergreift, wenn man vom Menschen zum Kunden degradiert wird, und die junge Frau, die ich ansprach, ließ mich im Zweifel, ob sie das vielleicht sogar war: ein richtiger Mensch.

»Von mir aus«, sagte sie gleichgültig und kaute weiter Kaugummi. Ich zahlte ein, und sie zeigte mir, dass sie durchaus für die Arbeit als Einzahlungsautomat qualifiziert war. Doch trotz der unzähligen Beweise des Gegenteils möchte ich mich nicht von der romantischen Vorstellung verabschieden, der Mensch sei, wenigstens mitunter, ein warmes, verständiges, mitfühlendes Wesen.

Öffentlichkeit ist, wo alles schiefgeht, wo es rüde wird, ruppig und grundlos unangenehm. Öffentlichkeit ist der Ort, an dem ausschließlich geschieht, was man nicht möchte, und niemals das, was man sich wünscht. Handybrüller im Speisewagen und Leute, die gleichzeitig eine SMS verschicken und mit jemand anderem sprechen, sind aber noch nicht der Tiefpunkt der Asozialität, die das Leben außerhalb der eigenen vier Wände prägt. Nein, dieser Tiefpunkt hieß Darmstadt, jenes wie hingekodderte architektonische Verbrechen, das die Schweizer Weltenbummler Ruedi Infanger und Andreas Schäfler zurecht als Dünnpfiff-les-Bains bezeichnen.

Um einem geliebten Menschen einen Blumenstrauß zu schicken, lief ich auf der Suche nach einem entsprechenden Laden durch Darmstadt, das, wie es sich für eine moderne Stadt gehört, harnscharf nach Friteuse stank. Aus allerlei Einkaufspassagen jallerte Fertigsoßenmusik. Wie durch ein Wunder fand ich endlich ein Blumengeschäft. Ob ich per Fleurop Blumen verschicken könne, fragte ich. Die Verkäuferin war der Landessprache nicht mächtig und gestikulierte abwehrend. Es erinnerte mich an das Aufwachen am Morgen im Ramada-Treff-Hotel. Um neun Uhr früh hatte das Telefon geklingelt, und ein Stimme hatte aus dem Hörer geschrien: »Wann gä wekk?« In der Empfangshalle hatte ein Ramada-Treff-Plakat gehangen: »It fit's« – das Verb fits, also: passt, mit Apostroph.

Vom Apostroph zur Katastroph ist es nur ein winziger Schritt. Ich lief durch Darmstadt und klapperte die Blumenläden ab, und ein halbes Dutzend mal hörte ich: »Fleurop? Machen wir nicht mehr. Lohnt sich nicht.« Erbittert verließ ich Dünnpfiff-les-Bains. Eine Stadt, die ihren Bewohnern und Besuchern Fleurop verweigert, hat sich aufgegeben. Von der Zivilisation hat sie sich längst verabschiedet, sie ist Wüste. Fleurop-Entzug ist die Kapitulation vor der Häßlichkeit, Niedrigkeit und Gemeinheit der Welt. Eine Stadt ohne Fleurop sollte Kriegsziel heißen.

Kastanienfieber!

Eine Danksagung an die glänzenden, ungleichrunden Trösterinnen

Schon Anfang September geht das los. Die ersten Kastanien, noch unreif und in ihren grünen, stacheligen Hüllen steckend, fallen vom Baum. Kleine Kügelchen sind es zumeist, oft noch weiß oder braun-weiß gescheckt; zu Hause, auf dem Tisch oder in der Jackentasche dunkeln sie nach, werden gelb, orange, rotbräunlich, sehen fast aus wie Pralinen. In der Mitte sind sie am dunkelsten, am geheimnisvollsten. Ich kann mich an keinen Herbst erinnern, in dem sie mich nicht mit Faszination und Entzücken erfüllt hätten.

Kastanien sind das Glück, das man in die Hände nehmen kann. Ich sehe Ulrike Kowalsky vor mir, 1987, eine erwachsene Frau Mitte 30, die auf dem morgendlichen Weg zur Arbeit vom Radel springt und Kastanien aufsucht, sie in eine rote Umhängetasche hineinstopft, gierig, hektisch sich umdrehend, ob Kastanienkonkurrenz droht, und nicht eher Ruhe gibt, bis noch die letzte Kastanie in der mittlerweile kiloschweren Tasche versenkt ist. Die schönsten Exemplare wurden schon beim Einsammeln beiseite in die Jacke gesteckt und den Rest des Tages angestaunt, in die Hand genommen, stolz gezeigt und wieder und wieder angefasst.

In meinem Hinterhof steht ein hoher Kastanienbaum, der mich – es ist Herbst – seit Wochen mit Freude beschenkt, und jeden Tag wird sie größer. Seit Tagen prasseln die Kastanien aus dem Baum; man kann sie hören, das kurbelt die Vorfreude an. Dann geht es treppab in den Hof, und da liegen sie, leuchten und wecken die Gier. Anfangs hat man Mühe, ein paar gescheite Handvoll Kastanien zu finden, jetzt schöpft man aus dem Vollen: lauter Kastanien, und alles meine!

Wenn das Auge seinen Spaß gehabt hat, kommt das Haptische zu seinem Recht: befummeln, ja, ja, ja! Man nimmt die ungleichrunden, glänzenden Bollern in die Hand und dreht sie, prähistorische Meditationskugeln, mal gnubbelig, mal abgeplattet, was auch sehr gefällt: Mit dem Daumen fährt man über die Kante einer flachen Zwillingskastanie. Es fühlt sich sensationell an. So kann die Kastanie weibliche Eifersucht auslösen. Frauen, die zu der betrüblichen Fehlsicht neigen, das Leben sei ein Beschwerdeformular, begneisen voller Argwohn die unschuldige Liebe zur Kastanie. Wie der Mann sie aufsammelt, wild und voller Gier alle, alle haben will, sie in der Küche wäscht, zart abtrocknet, sie liebevoll in der Wohnung verteilt, auf dem Tisch herumrollt, seinen wohlwollenden Blick auf ihnen ruhen lässt, sie wieder und wieder streichelt – all das tut mancher Frau weh. Sie wollte, sie wäre alle diese Kastanien, Ziel seiner Sehnsucht eben, und wenn die Frau nicht klug ist, tritt sie in Konkurrenz zur Kastanie und sagt: sie oder ich. Das ist ein Fehler, da hat die Frau keine Schnitte.

Besser ist es, freundliche Distanz zu wahren, den Kastanienmann ölen zu lassen, wenn er in seinen Schätzen herumwühlt und die eigene Freude kaum fassen kann. Sie klingt ja ohnehin ab, leider, denn die Kastanie verliert recht zügig ihren magischen Glanz, wird oll, schrumpelig und etwas hohl, und nach ein paar Wochen ist das Fest vorbei. Ein knappes Jahr muss man dann warten bis zum nächsten Kastanienalarm und Kastanienfieber.

Zuverlässig unlangweilig ist die Kastanie. Belohnt hat sie mich immer reichlich: Als Kinder sammelten wir sie zentnerweise, brachten sie zum Tierpark, teilten 40 Mark durch fünf und fühlten uns wie Könige. Und das waren wir auch.

Mein Lieblingsjesus

Als Kind war ich so mager, dass ich manchmal Biafra genannt wurde. Ich konnte auch gut Bodenturnen, aus der Brücke in den flüchtigen Handstand und solche Sachen, so dass ich bei manchen auch Gummimännchen hieß. Ein anderer Spaß war das Vorgelesen-bekommen, Grimms Märchen, Wilhelm Busch, Kästners Emil und die Detektive, und manchmal auch etwas aus der Bibel: ein netter Mann, der von gar nicht netten Männern in einen Brunnen gestopft wurde, nicht zum Gläubischwerden, sondern mehr als historisches Abenteuer. Geglaubt werden musste zu Hause nicht, der liebe Gott hatte bei uns nicht viel zu tun und konnte sich um andere kümmern, die ihn nötiger brauchten.

Im Kindergottesdienst lernte ich Jesus kennen, einen komischen Kerl auf einem Esel, der später ans Kreuz gehauen wurde. Das fand ich gemein. Jesus tat mir leid, war mir ansonsten aber egal. So richtig klasse war der nicht, es fehlte wohl der Glamour. Erbärmlich dünn und mergelig hing er am Kreuz herum. Ich dachte immer, der könnte doch wirklich endlich nach Hause gehen. Oder wenigstens mal einen Happen essen.

Später erwärmte ich mich für die Kitschästhetik von Puttenengeln und Marienbildern, aber Jesus hätte ich mir nie an die Wand gehängt. Der Typ verbreitet einfach etwas Ungutes, Penetrantes. In Mexico liebäugelte ich mit dem Kauf eines Jesuskopfes, der mit einer Stacheldrahtkrone verziert war, in der rote Lichter blinkten. Die vollkommen geschmacksferne Anbetung Gottes und der Seinen in südlichen katholischen Ländern scheint mir noch heute die angemessenste Art und Weise religiöser Verehrung zu sein. Der Protestantismus schafft das nicht; hier ist Jesus das Gespenst der Bulimie, eine Ikone des Verzichts, des stilisierten Mangels. Das macht keine Freude.

Das kreuzigungsfähige Alter überstand ich unangenagelt. Ich musste gut 40 werden, bis ich einen Jesus nach meinem Herzen fand. Ausgerechnet in Brandenburg geschah es, in Groß Ziethen, unweit Berlins. Groß Ziethen hat das bewährte Brandenburger Programm zu bieten: landschaftlich schön, menschenlandschaftlich eher na ja.

Sogar die jungen Landwirte, die auf ihren Treckern durchs Dorf pümpelten, trugen die landesübliche politische Kurzhaarfrisur. Dennoch stieg ich aus dem Auto, um eine Kirche zu besichtigen und dort eine Kerze anzuzünden; ich weiß nicht warum, aber es scheint mir eine geeignete Maßnahme zu sein, dafür Sorge zu tragen, dass die Liebe nicht erlischt. Ich betrat die Kirche von Groß Ziethen und sah IHN: Er sah aus wie ich. Er hatte unpolitisch kurze Haare, er hatte kräftige Oberschenkel und kräftige Waden, und er hatte einen kleinen, festen Plautzen. Ich stürmte auf ihn zu und fasste ihn an: rund und hart und fest im heiligen Fleische, yippieh! Jesus, Jesus, so geht es doch auch: unverhärmt, tipptopp im Futter, gut durch den Winter gekommen und ohne Zweifel ein Sympath.

Agnostisch, wie ich gekommen war, ging ich meinen Weg, reicher geworden aber an Trost für alle christlichen Schmerzensheinis: Jesus, Jesus, so geht es doch auch, Jesus, du bist ganz erträglich mit Bauch.

Warum läuft Herr K. Amok?

Der deutsche Schriftsteller Georg Klein wurde im Jahr 2000 dadurch bekannt, dass er sich mit Ende 40 vor die Jury des Ingeborg-Bachmann-Preises in Klagenfurt setzte und den dort vorlesenden Kindern einen Nachwuchspreis wegschnappte. Die Geschichte fiel mir ein, als ich den Namen wieder las. 125 Jahre nach Niederschrift der amerikanischen Originalausgabe erschien Mark Twains »A Murder, a Mystery, and a Marriage« erstmals in deutscher Übersetzung: »Eine Bluttat, ein Betrug und ein Bund fürs Leben«. Der Zürcher Manesse Verlag band dem roten Büchlein eine silberne Banderole um den Bauch, »Weltpremiere« stand darauf und: »Nachwort von Georg Klein«.

Das Ding ist eine editorische Merkwürdigkeit. Knapp 50 Seiten umfasst Twains Geschichte (über die ich hier nichts verraten will), gleich halb so lang ist das Nachwort, das mit teutonischem Furor wettzumachen sucht, was ihm an Geist fehlt. Georg Klein arbeitet sich mit einer Wut an Mark Twain ab, die nur verwundern kann. Twains ethnologische Betrachtungen Europas nennt Klein »manchmal geistreiche, oft schamlos rüde und nicht selten plump klischeehafte Attacken gegen die Europäer und ihre angeblichen Nationalcharaktere«. Wenigstens ein einziges, seine ihrerseits grobe These stützendes Zitat dürfte Klein seinen Lesern schon zumuten, doch das lässt er lieber bleiben. Klein behauptet jede Menge und belegt nichts: »Wer nur ein Dutzend von Twains Gelegenheitsarbeiten gelesen hat, weiß, wie tief dieser Autor trotz seiner Ansprüche sinken konnte, wenn der Augenblick oder ein Auftraggeber kurzfristig etwas von ihm verlangte.« Wer so apostelhaft und generalstaatsanwaltlich auftrumpft, ohne auch nur den Hauch eines Beweises anzuführen, muss sich fragen lassen, was denn seine Motive für die postume Attacke gegen einen weltberühmten großen Kollegen sind.

Warum läuft Herr K. Amok? Was ärgert den Nachwuchssenior von Klagenfurt so an Twain, dass er mehr als 90 Jahre nach dessen Tod auf ihn loslamentiert, als gelte es das Leben? »Grelle Witze« und »schlichte Berechnung« hält der Nachwortler Klein dem Erzähler Twain vor, der überdies »in seinen Texten die Schranken eines fundierten und ausgewogenen Urteils« nur selten gewahrt habe. Huch – kein ausgewogenes Urteil? Das ist ja schrecklich! Von teufelandiewandmalerischen Stilmitteln wie Übertreibung und Zuspitzung scheint Klein noch nichts gehört zu haben. Wenn in Deutschland einer über Satire schreibt, weiß er meist nicht einmal, was das ist. So auch Georg Klein: »Wie immer, wenn ihm etwas wirklich wichtig ist, kann das Feigenblatt des satirischen Witzes die Blöße von Twains Wut nicht decken«, behauptet er. Wer Satire für einen Witz hält oder für ein Feigenblatt, soll Witzbold heißen und an den Feigenblattern zugrunde gehen. George Bernard Shaw beschrieb Mark Twains Arbeitsweise genau: »Er muss die Dinge so darstellen, dass die Leute, die ihn andernfalls hängen würden, glauben, er mache Spaß.«

Unfreiwillige Späße dagegen macht Georg Klein – der Mann schreibt Sätze, wie Mark Twain sie hätte ersinnen können, als er sich über einige spezifische Idiotien der deutschen Sprache lustig machte: »Wenn man die kausale Folge der Ereignisse in einer realistischen Erzählung mit einem menschlichen Gebiss vergleichen darf, dann geht es darum, letzte Zahnlücken in diesen Kiefern, in ihrem Realismus-Konzept, zu schließen.« Donnerschlag – vielleicht erbarmt sich eines Tages ein Übersetzer dieses aufgeblasenen Wortgetümels und schmuggelt es ins Deutsche. Am Ende wird der saure Klein sogar noch unangenehm gönnerhaft und beugt sich zu Twain herab: »Fast möchte ich ihn, (...) über ein Jahrhundert hinweg, zum Ehreneuropäer ernennen.«

Das ist Mark Twain gerade noch erspart geblieben. Von Twain, der so schreiben konnte, dass Gott Grund zum Neidischsein gehabt hätte, gibt es bis heute keine vollständige deutschsprachige Gesamtausgabe. Der spätberufene Georg Klein, seit Klagenfurt als literarisches Entdeckungshäppchen herumgereicht, hat einiges nachzuholen im deutschen Literaturbetrieb. Dass man dazu überhaupt nicht schreiben können muss, wird ihm helfen.

Kaltakquise am Fettabscheider

Herzwärmend ist die Lyrik des Alltags. Im Treppenhaus der Berliner Volksbühne am Rosa Luxemburg-Platz lese ich seit Jahren mit nie erlahmender Begeisterung das Wort »Wandhydrant«. O ja:

Wandhydrant, Wandhydrant!
Viel schöner als der Wannseestrand
ist doch so ein Wandhydrant!

Das ist das Glück der regressiven Reimredundanz: Wandhydrant, Wandhydrant, immer wieder Wandhydrant! Man möchte nie mehr aufhören damit: Wandhydrant, Wandhydr... – ääh, nun gut, ich kenne auch noch andere Wörter. Auf die Rückseite eines LKW hat jemand geschrieben: »Brummikummer? – Servicenummer!« Kummer auf Nummer zu reimen ist zwar bis zum Gehtnichtmehr durchgelatscht und der Dämon des manischen Reimzwangs speziell zu Werbezwecken oft der allerschlechteste Berater, aber geschenkt: Solange es Menschen gibt, die mit großem Kinderernst ein Wort wie »Brummikummer« ersinnen, will mir nicht bange werden.

Wandhydrantisch magisch und magnetisch ist auch das Wort Bin Laden. Weich und geschmeidig liegt der Name im Mund und reizt zur Repetition, zur Damelei, zum Herumalbern und Spielen. Kara Ben Nemsi und Hadschi Halef Omar tauchen aus der Erinnerung auf, wir wickeln uns Bettlaken um den Kopf und machen uns an eine Neuverfilmung von Karl Mays »Der Schut«, selbstverständlich mit Bin Laden in der Titelrolle und einem Showdown an der Verräterspalte:

Ein letzter Gin, Bin,
Faust unters Kinn, Bin,

dann bist du hin, Bin.
Gefistet auch, Bin,
mehr ist nicht drin, Bin,
war das der Sinn, Bin?

So viele sinnfreie Freuden hat der Name Bin Laden beschert: »Bin Laden? Bin gleich wieder da!«, scherzte der türkische Gemüsehändler Herr Rüttelschnück, und die wahren Anhänger des bayerischen Ministerpräsidenten Stoiber nennen ihn seit dem Elftenseptember nur noch ehrfürchtig Dr. Edmund Bin Loden.

»Keine Namenswitze!«, ruft sehr unheiter ein Redakteur dazwischen. »No jokes with names! Hört auf zu kalbern!« Das ist schade, denn Sprache ist auch zum Dölmern da. Niemals sonst hätte sich eine Berliner Band den großartigen Namen PillePalle und die ÖtterPötter geben können.

Wie fahl und flach dagegen ist die Begrifflichkeit der Erwachsenenwelt! Was die großen Wichtigs für hässliche, mundsäuernde Wörter haben: Kaltakquise - so nennen sie das telefonische Baggern bei Fremden, den sogenannten Erstkontakt, auch das ein Wort wie Zähneziehen. Mögen die Kaltakquise wie der Erstkontakt stets von der Kaltmamsell besorgt werden, in der Betriebskantine, am Fettabscheider.

Dem triefenden miefenden Fettabscheider nah verwandt ist der Entscheiderkontakt. Was das ist? Bestürzend konventionelle Herren, die »ins Meeting gehen« und darüber reden, entscheiden dies und das und sind deshalb: Entscheider. Wenn einer von ihnen im Flugzeug das *Handelsblatt* aufklappt, ist zwischen blätterndem Krawattnik und Zeitung der Entscheiderkontakt hergestellt. Viel wertiger als ein simpler Entscheider ist natürlich der Top-Entscheider. Und wenn so ein Top-Entscheider erst mal Sofortkontakt hat - puuuh: Dann wackeln Wand und Wandhydrant.

Beelzebub mit Ärmelschonern

Er will dich, ganz und gar, aus Glas
Er selbst ist unsichtbar, wie Gas

Er ist ein Nachtmahr, ein Gespenst
Er ist noch wach, wenn du längst pennst

Du liegst in deiner Daunenwelt
Er sitzt am Tisch und schrappt dein Geld

Du träumst schwer alp, von Fegefeuern
Er grinst sich eins – und holt die Steuern

Er zählt dein Geld, ihm läuft der Speichel
Der Dieb heißt Hans, genau: Hans Eichel

Warum Zürich?

Bei aller banknotigen Nüchternheit hat Zürich erstaunlicherweise doch das Zeug zur Legendentauglichkeit. Das stellten Sibylle Berg und ich fest, als wir nach einer gemeinsamen Lesung in Stuttgart im Oktober 2001 noch mit ein paar Leuten in der Weinstube Fröhlich hockten. Frau Berg lebt in Zürich, und ein junger Redakteur der *Stuttgarter Zeitung* brachte das Gespräch auf diese Stadt, indem er ganz ernsthaft erzählte, dass Zürich während des Krieges ja sehr bombardiert und zerstört worden sei. Kürzlich erst sei er noch dort gewesen, verheerend habe das ausgesehen.

Konnte das stimmen? Oder war Wunschdenken im Spiel? Der Krieg ist ein großer Architekt beziehungsweise oft das letzte Mittel, um die Folgen städtebaulicher Wahnvorstellungen wieder zu beheben oder wenigstens zu mildern. Ist der Krieg dann aus, wird allerdings munter ein neues Kapitel aufgeblättert im großen Buch des Städteplanens. Das aber heißt: Architektur als Strafe. Gegen architektonische Kapitalverbrechen hilft nichts als die Abrissbirne; wird ihr schwungvolles Tun verweigert, wie beispielsweise im Fall des Berliner Olympiastadions, bleibt alles Hüchel und wird nicht mehr zu Gold.

Der 11. September 2001 gilt als Geburtsstunde der bemannten fliegenden Architekturkritik. Die fand aber doch in New York statt – was also war mit Zürich? Das interessierte uns, das wollten wir genau wissen: Wer denn wann Zürich zerbombt habe, und welche Teile der Stadt besonders in Mitleidenschaft gezogen worden seien, fragten wir neugierig. Der junge Mann wusste es nicht und musste passen – als habe er die Ergebnisse der Pisa-Studie vorwegnehmen wollen, die jungen Deutschen ein äußerst bescheidenes Bildungsniveau bescheinigt. Und doch sehe auch ich Älterer Zürich seit jenem Abend in Stuttgart mit anderen Augen: wenn auch nicht hoffend, so immerhin suchend.

In der Nasennebenhölle

»Ach, Atemwegsbeschwerden. Sieh mal einer an«, sagte der Mediziner gedehnt; für mich klang es wie Aaahtemwege. Der Hals-Nasen-Ohren-Arzt war Mitte 40, ein fünfschrötiger Klotz von Mann mit beginnender Mittelkopfglatze und einem Kreuz wie ein Kohlenhändler. Er lehnte sich seitlich in die Türfüllung seines Behandlungszimmers, schlug ein Bein vor das andere und sah auf seine Fingernägel. Sie waren auf Hochglanz blankpoliert, damit er sich wohlgefällig in ihnen spiegeln konnte, während er nach außen hin den Eindruck erweckte, er betrachte höchst nachdenklich seine Nägel. Er sah ins Leere; aus der rechten Tasche seines rotgesprenkelten weißen Rohseidekittels fummelte er eine grün-weiß-goldene Zigarettenschachtel.

Mit unverhohlenem Widerwillen sah er mich an. »Atemwege! Und damit kommen Sie zu mir? Wollen Sie mich zu Tode langweilen? Haben Sie sich im Telefonbuch in meinen Namen verknallt, oder hat mich einer dieser Versager von Patienten empfohlen? Soll ich jetzt einen Tanz aufführen: Ach, Atemwege? Das ist ja hochinteressant! Toll! Suuuper! Ein Patient ganz nach meinem Herzen! Ja? Haben Sie sich das so vorgestellt?«

Mit einem kotbraunen Bic-Feuerzeug zündete er sich eine Zigarette an; im Raum verbreitete sich Mentholgeruch. »Was dagegen, wenn ich rauche?«, bellte er und blies den Qualm in meine Richtung. Stechend sah er mich an. »Das ist zwar ein astreines Schwuchtelkraut hier, aber kommen Sie bloß nicht auf blöde Gedanken. Ich bin ungefähr so schwul wie John Wayne.«

Ich saß in einem tiefen Sessel, der mit schwarzem Kunstleder bezogen war und fühlte mich unbehaglich. Sehr gerne wäre ich aufgestanden und gegangen, aber der Arzt stand im Weg, massig, und er sah nicht so aus, als würde er ein frisches Publikum freiwillig ziehen lassen, wenn er es erst mal am Haken hatte. Was war das für ein Arzt? Dr. No? Ein Sadist im Überbau? Hatte der Kerl den hippokratischen Eid auf Doktor Mengele geleistet? Jedenfalls schien er Gedanken lesen zu können. »Hippokratischer Eid?« Er lachte schmaddrig, hustete und spie etwas Grünbraungelbes auf den Praxisboden. »Kommen Sie mir bloß nicht damit. Sie haben ein mittelmäßiges Problem, das mich anödet. Ich mache Ihnen das weg, Sie zahlen, und dann sind wir quitt. Mehr ist nicht drin, Freundchen. Also Titten auf den Tisch und Butter bei die Fische!«

Ich wußte überhaupt nicht mehr, was ich hier sollte. Ich war so was von fehl am Platz, das war klar, aber sonst gar nichts. Was der Mann von mir wollte, blieb im Dunklen – nicht lange allerdings: »Wirds bald? Kohlen rüber! Die großen Scheine, und alle zu Papi! Zahlemann und Söhne! Nu mach mal hinne. Gesundheitsreform, verstehste? Bar auf die Kralle. Lass rüberwachsen die Schore: Penunzen zu Doktor Püttmann! Bist doch sonst nicht so schwer von Kapee! Nööiich?«

Ich resignierte, fasste in die Gesäßtasche und holte einen warmen Klumpen Zerknittertes hervor; einige Münzen fielen zu Boden und rollten umher. Der Arzt sah es mit Missbilligung und hisste die Brauen wie eine schwarze Flagge; kurz überschlug er den dargebotenen Geldwert, schnappte die Scheine, grunzte mäßig affirmativ und stupste mich mit der flachen linken Hand in den Behandlungssessel zurück. In seiner Rechten hielt er jetzt ein längliches Metallgerät; an der Spitze befand sich eine Drahtschlinge. Er stieß sie mir tief ins rechte Nasenloch. Ich wimmerte auf. »Ja, wehtun muss es. Was nicht wehtut, hat keine Wahrheit!«, sagte er, eher sachlich als triumphierend. Dann schnitt er, wieder und wieder, erst rechts, dann links. Mit einer Pinzette zog er Polypen aus meiner malträtierten Nase, sieben aus jedem Nasenloch, Grottenolme verschiedener Größe, der mächtigste hatte die Ausmaße eines kleinen Fingers. Desinteressiert schnippte er sie auf ein Metalltablett. »Schnauben und ab dafür!«, blaffte er, warf mir eine Rolle Küchenkrepp zu und wies mit dem Daumen über die Schulter.

Ich machte dass ich fortkam und verließ die Nasennebenhölle. Im Gehen sah ich noch, wie er das Tablett packte und damit an ein Aquarium trat. Mit spitzen Fingern nahm er die grau-blutigen Polypenkameraden und warf sie ins Wasser. Reihen von rasiermesserscharfen Zähnen zerrissen sie. Doktor Püttmann fütterte seine Piranhas. Sein Lächeln war dünn wie ein Kassenbon.

Candide lesen

Als ich im Winter 2001 für Antje Kunstmann Voltaires »Candide« als Hörbuch einlas, erfreute sich die zivilisierte Welt gerade der Tötung afghanischer Zivilisten durch US-amerikanische Soldaten, begangen selbstredend im Namen des Guten und Humanistischen – als sei das Gewürge der Welt einzig geschaffen, um Voltaire nachträglich zu bestätigen:

Anfang 1759 erscheint Voltaires »Candide«; das Buch hat exakt die Klasse und den Sound, der Würdenträger aller Couleur in Wut geraten und sie ihre Schergen in Marsch setzen läßt: Schon zwei Monate nach Erscheinen wird »Candide« auf Befehl des Rates der Stadt Genf vom Henker öffentlich verbrannt. Im fröhlichsten Tonfall beschreibt Voltaire die Welt, wie sie sich ihm zeigt: grausam, absurd, randvoll mit Krieg, Mord, Folter, Verfolgung und Wahn. Voltaires Verzweiflung über die Verfassung der Welt und ihrer Bewohner ist so aufrichtig und lauter, wie seine heitere, bösbockige Spottlust weise ist.

»Candide« ist, wenn es das gibt, die Bibel der Aufklärung. Seine grimmige Heiterkeit ist ganz wahr. Auch das Wissen, dass es niemals Zeiten geben wird, in denen dieses Buch nicht aktuell ist, vermag die Freude beim Lesen nicht zu trüben. Die Welt ist ein Schlachthaus, ein Tollhaus außerdem, aber beides ist noch lange kein Grund, den Verstand an der Garderobe abzugeben und sich im positivistischen Gerede von der besten aller Welten zu ergehen, wie es Modephilosophen, Essayisten und andere Staatsträger zu allen Zeiten getan haben. Im »Candide« hat Voltaire seine Haltung zur Welt am deutlichsten ausgedrückt: Er revoltiert gegen die Dummheit und Grausamkeit der menschlichen Natur, und was er ihr entgegenzusetzen hat, ist das Nobelste, das man geben kann: das Mitgefühl eines souveränen Geistes, und einen scharfen, perlenden Hohn gegen alle, die - aus welchen miesen Gründen immer - den Status quo verherrlichen, auch wenn sie damit bloß die spärlichen Reste ihrer eigenen Intelligenz mit Füßen treten.

Dieses Buch leuchtet heller als alle Scheiterhaufen der Welt - von denen der nächste im Irak brennen wird, weil George W. Brezelbushs USA es so wollen und deshalb behaupten, sie kämpften für Israel und die Freiheit der Menschenrechte, yeah ..., und wer das fadenscheinige Dummzeug nicht glauben will, der ist dann eben Antiamerikaner und Antisemit, ätsch! Der staatlich sanktionierte und humanitär abgesegnete Anti-Terror-Terrorismus hat erst begonnen.

Es gibt diverse deutschsprachige Übersetzungen des »Candide« - die von Ilse Lehmann für Insel scheint mir die gelungenste. Völlig abseitig ist die des Zonendichters Stephan Hermlin, die er 1972 für den Verlag Philipp Reclam jun. Leipzig anfertigte. In Lehmanns Übertragung heißt der letzte Satz des »Candide«: »›Sehr richtig‹, gab Candide zu, ›aber wir müssen unseren Garten bestellen.‹« Im Vergleich Hermlins Versuch: »›Wohlgesprochen‹, versetzte Candide, ›aber wir haben in unserem Garten zu arbeiten.‹«

»Wir haben in unserem Garten zu arbeiten« - da ist der Weltbürger Voltaire zum deutschen Bürokrator geschrumpft, zum Hermlin.

Einiges über das Barwesen

Was ist eine richtig gute Bar? Ein Ort, an dem man für sich sein und seinen Gedanken nachhängen kann, ohne dass dieses Denken gleich zu etwas führen müsste? Ein Fluchtpunkt vor dem Krawall und Gewürge des Lebens? In seinem Hauptwerk »Der lange Abschied« beschwärmt Raymond Chandler das Ideal einer Bar: »Diese Bars, so kurz nachdem sie aufgemacht haben für den Abend – da fühle ich mich richtig wohl. Wenn die Luft drinnen noch kühl ist und rein und alles glänzt und der Barmann seinen letzten Blick in den Spiegel wirft, um zu sehen, ob seine Krawatte auch gerade sitzt und sein Haar schön glatt. Ich mag die sauberen Flaschenreihen auf dem Regal hinter der Theke und die blitzblanken Gläser und die ganze Erwartung, die darüber liegt. Ich sehe dem Mann gerne zu, wie er den ersten des Abends mixt und ihn auf einen frischen Untersatz stellt und die kleine gefaltete Serviette daneben legt. Ich liebe es, den dann ganz langsam zu kosten. Der erste stille Drink des Abends in einer stillen Bar – das ist etwas Wundervolles.«

Ich kenne einige Jungs, die liebend gern eine solche Bar geführt hätten, und denen es weder an Stil noch an Startkapital dazu gebrach. Sie schafften es ein paar Monate, dann waren sie entweder pleite oder hatten sich einer Kundschaft ergeben müssen, die aus ihrer Bar einen Sauftrog wie tausend andere gemacht hatte, eine Brüllhölle. Eine Bar mit Klasse braucht klasse Publikum – Leute, die es auch mal gut mit sich allein aushalten können, die nicht zwanghaft gesellig sind – und die nicht sofort automatisch den Charme anwerfen müssen, wenn ein hübsches Paar Beine in Nylons des Weges kommt. Solches Volk ist selten, eine Bar aber muss Drinks verkaufen – von dreieinhalb dezenten Trinkern kann sie nicht leben.

Wenn es, trotz dieser Fährnisse, dann einmal eine solche Bar gibt, fällt sie fast unweigerlich den Ausgehschmierern in die Hände, den Plappermäulern der Schischi-Schreiberei, die nichts für sich behalten können. Diese journalistischen Dixi-Toiletten ziehen wie Fliegen einen Schwarm Gierköpfe hinter sich her, auf deren Gesichtern das Wort Erlebnishunger steht. Lesen kann diese Meute zwar kaum, aber gastronomische Tips verschlingt sie, immer auf der Suche nach einem Platz, den sie mit sich vollmachen und damit ruinieren kann: Hey, welches tolle Setting passt zu meiner rasend interessanten Existenz? Wo kann ich mit Leuten herumlungern, die fast so super sind wie ich selbst? Mit denen ich dann auf dem Klo ein paar Linien Nasen-Ata reindröhne, von denen ich sogar noch lauter und aufdringlicher werde als ich selbst? Solche Sackgesichterdefilees übersteht auf Dauer keine Bar. Wer also einen der raren erträglichen öffentlichen Orte in Dutt kriegen will, braucht ihn nur anzupreisen. Der Rest geht dann von ganz alleine.

Wer den Schnabel halten kann, bleibt länger glücklich. Die Bar, von der ich erzählen will, hat keinen Namen, und wenn sie einen hätte, gäbe ich ihn nicht preis. Ich möchte schließlich noch öfter dorthin gehen. Soviel aber kann ich verraten: Die Bar hat nichts mit dem Ideal einer Bar zu tun, und doch ist sie die schönste, die ich kenne. Sie liegt in Barcelona, im Stadtteil Barceloneta, der Hafen ist nicht weit. Stundenlang kann man hier herumschlüren, das Meer riechen, Katzen auf der Mole zukucken, wie sie sich putzen, wie sie dösen und sich träge räkeln. Man kann die großen weißen Schiffe sehen, sich wegträumen in abenteuerliche Fernen und, in dieser Sehnsucht, ganz eins sein mit der Gegenwart.

Es ist Mittag geworden, Zeit für ein Glas und einen Imbiss. Eine gute Viertelstunde zu Fuß gegangen – da ist die Bar. Die hellhölzernen Eingangstüren sind hoch und massiv, zwei schmiedeeiserne Indianerköpfe dienen als Türklopfer. Geöffnet ist von morgens halb zehn bis abends halb elf. Schon im Eingang baumeln Schinken von der Decke, über dem Tresen hängen Würste und weitere Schinken. Links an der Wand sind Pappkartons aufgestapelt – so staubig, wie sie sind, stehen sie dort schon eine Ewigkeit. Rechts ist der Tresen, an den beiden kurzen Seiten je zwei, auf der langen Seite gut vier Meter lang. Es gibt ein paar Barhocker, und ganz hinten im Raum befindet sich ein altertümlicher Kolonialwarenladen mit Ladentheke. Am Tresen wird ausschließlich Cava ausgeschenkt, vom einfachen Rosat bis zu einem Brut nature, der manchen Champagner schlüge, ist alles höchst erschwinglich, fast jeder hier bestellt gleich eine ganze Flasche, aber man sieht keine Betrunkenen, auch nach Stunden nicht.

Das Publikum ist gemischt bis fast zum Äußersten. Mittelalte Pärchen in bürgerlicher Kleidung stehen neben aus dem Ei gepellten, schnieken Geschäftsleuten, ein paar Jungmänner, deren sorgfältig abgerissene Klamottierung und Haartracht sie als Anarchisten der Sorte wär'n-sie-gern ausweist, trinken mit ausladenden, großen Gesten. Ein sehr kleiner älterer Herr, dem Maler Picasso nicht unähnlich, trippelt ins Lokal und stellt sich an die Theke, über die er kaum herüberschauen kann. Ohne etwas geordert zu haben, bekommt er von einem der drei Präzisionsarbeiter hinter dem Tresen einen Teller dünn geschnittene Wurst und eine Flasche Rosat hingestellt. Er nimmt eine dünne Papierserviette und klebt sie mit Hilfe des Kondenswassers auf die Flasche. In der Geste ist mehr Stil als in einer Wagenladung Stoffservietten.

Zum Cava essen die meisten Bocadillos – Brötchen mit Schinken oder mit warmer Wurst und Zwiebeln. Was sich beim Biss ins warme Brötchen einstellt, kann wahrheitsgemäß nur mit dem großen Wort Glückseligkeit beschrieben werden. Man möchte niederknien vor den drei Männern hinterm Tresen, die das Rad des Lebens mit einfachsten Mitteln in Schwung halten, aber das wäre fehl am Platz: Jeder hier hält das Beste für eine Selbstverständlichkeit. Und auf einen Boden zu sinken, der mit Servietten und Zigarettenkippen übersät ist, könnte das würdige Gesamtbild doch empfindlich stören.

Musik gibt es keine in dieser Bar, keinen Fernseher, nur die Stimmen und ihre Echos, die von den Wänden abprallen. Umgeben vom Gewimmel der fremden Gespräche beobachte ich den fernen Stern, auf dem ich stehe. An der Wand gegenüber lehnt eine junge Frau; eine der Tresenkräfte gießt ihr eine Schale Brut nature ein und stellt die Flasche daneben, auf die Theke. Die Frau steht ganz entspannt, ihr Haar fällt fast bis auf die Hüfte, es schimmert dunkelgolden. Sie trinkt einen Schluck, friemelt sich ein Flüppchen aus der Packung und raucht in Ruhe ihr Essen herbei. Sie bekommt ein Brötchen gereicht, schnuppert nüsternnasig und beißt herzhaft hinein. Sie hat die Augen geschlossen; von ihren Lippen, die beim Futtern noch größer geworden zu sein scheinen, leuchtet ein leichter Fettfilm, etwas Fleischsaft läuft ihren rechten Mundwinkel herab. Sie tupft das Bächlein mit einer Serviette fort, beißt erneut kräftig zu, kaut und lächelt entrückt. Sie ist im Himmel, man kann es sehen.

The Beast in me

Wie Johnny Cash mir das Leben rettete
Eine Danksagung

Es wird an fünfzigsten, sechzigsten und siebzigsten Herrengeburtstagen so viel zusammengelogen, dass selbst Menschenkenner noch staunend »Hut ab!« sagen. Mit solchem Er-ist-ein-großer-Mann-Zeug will ich nicht dienen - mich nur bedanken bei Johnny Cash. Da er mich nicht kennt, weiß er es nicht, aber er hat mir das Leben gerettet, sogar zweimal. Ohne die Texte, die seine Stimme sang, wäre ich nicht davongekommen.

Im Spätherbst 1994 schickte mir der Schweizer Radiokollege und Freund Christian Gasser zwei Kassetten, die mein Leben mit großem Reichtum erfüllen: »Sad but true« von Beast of Bourbon-Sänger Tex Perkins, eingespielt mit Charlie Owen und Don Walker, und »American Recordings« von Johnny Cash. Der Horizont riss auf, Lebenswahrheit flog mir entgegen. Es war alles, worauf ich gewartet hatte, Musik, die man zum Leben so nötig hat wie Brot und Wein und Liebe.

Wegen meines Textes »Der Schokoladenonkel bei der Arbeit« lauerten mir 1995 Leute im Dreidutzendpack bei Lesungen auf und brüllten »Täterschützer!« und »Faschist!« Vermummt und mit Knüppeln bewaffnet gingen sie auf mich los, im Namen des Feminismus drangsalierten sie weibliches Publikum. Sie versuchten, Lesungen mit Buttersäure zu sprengen, spuckten, sprühten Tränengas in Gesichter und entblößten durch das Ausbringen von zuvor sorgfältig gehütetem Eigenkot auch den Inhalt ihrer Köpfe. Es war ekelhaft und zermürbend, aber eins wussten sie nicht: Ich hatte Liebe im Gepäck und Johnny Cash, Trost und Rat in reinstmöglicher Form. »I don't have to do that any more / I'm like a soldier getting over the war«, sang Cash. Ich begriff: Nichts von dem, was diese Glaubenskrieger auf mich ausgossen, hatte mit mir zu tun, nichts von ihnen konnte mich wirklich berühren. Der Bariton von Johnny Cash füllte mich aus, sie hatten keine Chance.

Dann sah ich Cash, am 28sten September 1995, im Tempodrom in Berlin. Viel zu spät erst hatte ich von diesem Konzert erfahren, Karten waren nicht mehr zu bekommen, auch auf dem Schwarzmarkt nicht. Jeden Preis hätte ich gezahlt, es nutzte nichts, aber ich musste Cash sehen, und so log ich mich ins Konzert. Ich rief im Tempodrom an und sagte, der *Spiegel* schicke mich. Zwar schrieb ich damals tatsächlich das eine oder andere Stück für die Brandstwieties, aber Cash war kein Thema für sie. Um Cash sehen zu können, hätte ich sonstwas behauptet, mich als Reporter vom *Smith & Wesson Magazine* ausgegeben, wasweißich, alles eben. Ich ging zu dem Konzert so aufgeregt und nervös, wie man zu einem Rendezvous mit einer Frau geht, von der man schon weiß, dass man rasend in sie verliebt sein wird.

Es war – grandios. Auf der Bühne stand der Mann in Schwarz. Er wirkte alt und krank und strahlte doch eine ganz natürliche, ruhige, selbstverständliche Größe aus. Mein erster Begriff von Johnny Cash war Würde, und bis heute kenne ich kein gültigeres Wort für ihn und seine Songs. Das Publikum war äußerst gemischt, Fransenjacken- und Cowboyhutträger waren zuhauf gekommen und verlangten permanent, »Ring of Fire« zu hören, seinen Hit von 1963. Cash spielte das Stück gleich zweimal, direkt hintereinander, da gaben die johlenden Truckertypen und Faschingscowboys wenigstens für kurze Zeit Ruhe. Für seine neuen Fans spielte er ein paar Stücke alleine, und sie schenkten ihm ihre ganze Aufmerksamkeit und Zuneigung, während die Cowboyhütler quasselten und nicht hören wollten, dass Cash eben keine sentimentale Folklore ist, sondern ein hoch ragender Pfahl in der Scheiße der Welt. (»The whole life is vive la merde«, schrieb Joachim Ringelnatz.)

Cash war nie ein lieber Junge, und er ist auch heute noch kein netter alter Country-Onkel. Seine Tablettensucht hätte ihn fast erledigt, habituell trat er Türen ein, verwüstete Bühnen und Hotels, vandalierte durch die Welt, und je heftiger er sein Außenseiterwesen lebte, desto mehr liebten ihn die Frauen. Cash war gefährdet, und er war seinerseits eine Gefahr für alle Inhaber wohlgefügter Ordnungsphantasien. In »Columbo« spielte er sehr überzeugend einen Mörder, und er schien Mörder zu verstehen, wenn er sang: »I shot a man in Reno just to watch him die.« Er zeigte Nashville den Mittelfinger, und er meinte es genau so. Cash war der definitive Outlaw, und er ist es noch immer. Er ist der unaufgelöste, nicht harmonisierte Widerspruch.

Aber er ist doch so religös!, protestiert der Country-Traditionalist, als sei das ein Einwand. Ja, das ist wahr, Cash ist tief religiös. Das Religiöse ist das spiegelverkehrte Böse, und das Bedürfnis nach Religion und Erlösung ist auch das Eingeständnis der Existenz von etwas sehr Dunklem in einem selbst: »The Beast in me«, wie Johnny Cash singt. Und weil dieses Beast eine zentrale Rolle spielt im Leben des Johnny Cash, heißt Franz Doblers Buch über ihn: »The Beast in me – Johnny Cash und die seltsame und schöne Welt der Countrymusik«. Ich las das Buch auf einen Sitz, einen Tag und eine Nacht lang. Dobler schreibt in einem Ton über Cash, der Cash so nahe kommt, wie es nur irgend geht, ohne dabei Cashs Intimsphäre zu verletzen. Es ist gut, dass kein Musikjournalist dieses Buch schrieb, sondern ein richtiger Schriftsteller – hier geht es nicht um Sprache als Informationsvehikel, sondern um Integrität und Wahrhaftigkeit von Leben, Sprache und Musik.

Dobler beschreibt eine Szene, in der Peta Devlin und Hank McCoy das Liebeslied »Yankee go home« als Duett singen und hakt nach: »Ich fragte mich, wie wir wären, wenn die Yankees nie gekommen wären.« Cash war da, drei Jahre lang, als GI in Landsberg. Hier hatte er seine erste Band, die Landsberg Barbarians. Auf deutsch sang Cash »Wo ist Zuhause, Mama?«, bis heute ein Lied für alle heimatlosen heulenden Wölfe, die niemals irgendwo ankommen werden, denn die Antwort auf die Frage nach dem magischen Ort Zuhause lautet: »Vielleicht auf der großen Straße, vielleicht hinter blauen Bergen, vielleicht bei den hellen Sternen.« Willi Winkler hat in einem Buch über seine Kinopassion die kluge, traurige Frage gestellt: »Ist Heimat nicht da, wo ich nie war?« Die Sehnsucht, die in diesen Worten liegt, findet sich, zur Anklage gedreht, auch bei Dobler, der in der Nähe von Landsberg aufwuchs: »Nashville ist nichts anderes als die Christlich-Soziale Partei in Bayern: Sie lieben ihr Heimatland über alles, und deshalb würden sie für einen Parkplatz mehr den letzten Hügel teeren, zu den Klängen eines Keyboards, das Alphörner imitiert.«

Als ich Doblers langen, großen Text über Cash las, wusste ich wieder, was ich gerne vergessen hätte: wie Johnny Cash mir zum zweiten Mal das Leben rettete. Eine große Liebe war zu Ende gegangen, sie war fort, gone gone gone. Doch ganz gleich, wo ich hinging, war sie immer dabei, blieb als blinder Passagier in mir, als Fluch, immer reiste sie mit, auch als ich das längst überhaupt nicht mehr wollte. Kummer hatte von mir Besitz ergriffen, ganz, er saß in jeder Faser, war in jedem Atemzug. Johnny Cash hielt mich in der Spur. Sein Beispiel mobilisierte den Mumm, das zu tun, was Gottfried Benn auf den Punkt brachte: »Erkenne die Lage.« Es war eine harte Lektion. Cash sang »The Beast in me« von Nick Lowe, der einmal sein Schwiegersohn war. »The Beast in me has learned to live with pain / and how to shelter from the rain«, und auch ich war so disparat und desperat, dass ich nicht mehr wusste, »if it's New York or New Year«, wie es in dem Lied heißt. Ort und Zeit verschwimmen, es gibt nur noch den Schmerz.

Eifersucht, das rotundschwarze Tier, kommt aus der Tiefe und will morden. Ich wache auf, die Hände voller Blut, auch die Kleidung, die Füße, alles ist über und über mit Blut bedeckt. Ich habe jemanden getötet, ganz sicher, sein Blut ist an mir, ich habe ihn mit Händen und Füßen umgebracht. Ich bin ein Mörder, nicht so ein sich hinterher auf Befehl und Pflicht herausredender soldatesker Killer, sondern ein richtiger, wahrer Mörder. Ich wate in einem Meer aus Schuld und Scham. Zwei Tage braucht es, bis ich merke, dass gar kein Blut da ist, dass alles nur eingebildet ist, aber diese Bilder scheinen so real, dass sie sich kaum abstreifen lassen. Cash bringt mich zu den Lebenden zurück. »Bad luck wind's been blowing at my back / I was born to bring trouble to wherever I'm at / got the number 13 tatooed on my neck«, ja, das stimmt alles, und als er singt, »got a long line of heartache, I carry it well / the list of lives I've broken reaches from here to hell«, da singt er für mich. Seine Stimme ist reinigendes Feuer, es brennt, entsetzliche Tage und Nächte lang, und danach ist: Asche.

Johnny Cash bleibt und weist die Richtung: »I'm just a poor wayfaring stranger / travelling through this world below / there is no sickness, no toil, no danger / in that bright land to which I go.« Es ist gut, auf dem Weg zu sein, und die Stimme von Johnny Cash ist das beste Marschgepäck, das man dabeihaben kann.

Essayismus im Endstadium

Begonnen hatte es in den achtziger Jahren. Ich war jung, hatte Erlebnishunger, und zwar nicht nur den kleinen zwischendurch, sondern einen Mordsappetit auf volle Pulle alles mit Schuss, dolce vita, hic et nunc, hiero itzo, subito. Also Berlin, klare Sache: Ballin, jjup. Die Stadt veränderte mich: Nach kurzer Zeit in Berlin war ich zu einem Fanatiker des Plusquamperfekts herabgesunken und hatte begonnen, seltsame Sachen zu sagen: »Schuld war nur der Bossanova jewesen, wa«, »und denn ha' ick da noch ne Kiste ßijarrn ßu stehn jehabt«, solches Zeug, slawisch bis zum Gehtnichtmehr. Weil ich aber von Antje Vollmer gelernt hatte, dass Verrohung stets mit der Sprache beginnt, war mir in der Folge auch das Leben in die Uhr gegangen und aus dem Ruder gelaufen. Ich war also quasi ein wenig sittlich verwahrlost gewesen, Geschlechtsverkehr, die Schiene, Frauen, manchmal war sogar Alkohol im Spiel gewesen. Mit einem Wort: Es stand schlimm um mich.

Zu einem richtigen Arzt traute ich mich damals schon längst nicht mehr, aber ich kannte den Veterinär Schmissas, einen Schulfreund aus Brönninghausen. Wem soll man vertrauen wenn nicht einem Mann, der sein halbes Leben lang bis zur Schulter hinterwärts in einer Kuh stak, um ein Kälbchen zu holen? Außerdem war Schmissas wie ich ein genetisches Gemisch aus Westfalen und Ostpreußen, und er kannte das Problem der Berliner Sprachvergrobung aus eigener Erfahrung. Als ich allerdings im Wartezimmer seiner Praxis mit Katzen, Kanarienvögeln und einem alten Frauenzimmer plus Cockerhündchen im Schoß auf einen Termin wartete, war ich mir nicht mehr ganz sicher, ob das so eine gute Idee gewesen war.

Schmissas zerstreute meine Bedenken mit links. »Berliner Proll-Down-Syndrom«, sagte er. »Unangenehm, aber simpel zu therapieren. Ein Semester Soziologie, bisschen Publizistik dazu, dann hört sich das schon ganz anders an.« Ich betrachtete ihn, wie ein Ertrinkender einen herannahenden Rettungsschwimmer ansieht. Die Worte des Tierarztes waren Manna für mich. »Wenn du erst mal ein halbes Jahr geschwollen dahergeredet hast, wird dir das ganz natürlich vorkommen. Ein Beispiel: Andere entdecken etwas - du explorierst es. Vastehste?« Ich verstand überhaupt nicht, nickte aber, damit mein Wohltäter nicht zu sprechen aufhörte. Er dachte gar nicht dran. »Als Erstes trittst du in die SPD ein und wirst da Chefdenker. Keine Angst, das ist kinderleicht, das kann jeder. Die sind derartig auf dem Hund, die nehmen jeden und freuen sich, als würde Jesus persönlich vorbeigelatscht kommen. Du musst nur ordentlich dick auftragen, dann passt das. Und vorher gehst du beim Optiker vorbei, kaufst dir eine Brille mit Fensterglas, kann billig sein, von Fielmann, irgendwas, egal, Hauptsache Gedöns im Gesicht, die Nummer zieht immer noch, ist ein echter Klassiker, und dann setzt du dir die Brille schief auf die Nase und sagst: ›Ich habe vor, hier den Locus classicus zu liefern.‹ Ich schwör dir, die Typen liegen dir zu Füßen.«

Ich musste wohl etwas skeptisch gekuckt haben, denn Schmissas fasste mich scharf ins Auge. »Wenn du weiter rumhängen willst als Gefühlsmensch, Streuner und Prolet, kannst du das ja tun. Ist ja dein Leben, dein« - er lächelte etwas fies - »factum brutum. Aber« - er begeisterte sich an sich selbst und seiner flammenzüngelnden Rede - »wenn du vorwärtskommen willst, dann hör auf mich. Wer was werden will, der muss sich schrauben. Und wenn dir einer draufkommt, gib ihm Zunder. Vergiss niemals, von Denkverboten zu sprechen. Gib ihnen richtig Saures, immer schön von oben herab: ›Versuchen Sie nicht, mir ex post etwas zu verbieten!‹ So musst du reden. Ex post ist wichtig, das musst du dir merken: ex post. Das bringts. Alter Schwede! Sol lucet sukkubus, und kratz mich mal am inkubus!« Doktor Schmissas reckte beide Daumen nach oben; sein Grinsen war so breit wie die Werre, in der wir als Kinder geschwommen waren.

»Aber ich weiß doch nicht mal, was das heißt!«, wandte ich ein. Der Tierarzt lachte und schmetterte mich ab. »Pass mal auf. Wenn du sagst: ›Wir lassen uns das Singen nicht verbieten, das Singen nicht und auch die Fröhlichkeit‹, dann ist das einfach nur blöde. Aber wenn du richtig zulangst mit ›Wir lassen uns das Singen nicht verbieten, und schon gar nicht ex post, und auch die Fröhlichkeit, verstehste, Meister, Arsch lecken, ex post, ja!‹, dann hast du sie alle an der Wand. Dann hast du sie bei den Eiern. Das schüchtert die ein, und es klappt fast immer. Und wenn einer sagt, ›Der Typ hat doch Essayismus im Endstadium‹, dann macht das gar nichts. Den machst du platt! Dein Leben wird sich radikal ändern. Du wirst große Fortschritte machen. Du wirst den Bundeskanzler kennenlernen, und er wird dir sagen, wie schlau du bist. Du kannst alles machen. Du musst dich nur richtig aufpumpen.«

Die Nachhilfestunde war beendet. Ich dankte dem alten Freund, er wehrte ab und wünschte mir Glück – ihm selbst, sagte er, fehle ja leider jeder Ehrgeiz, er sei mit seinen Tierpatienten glücklich, aber um mich und mein Talent sei es doch ein Jammer, und so solle ich mich mal vernünftig auf die Socken machen und durchmarschieren. Seine Worte fielen auf fruchtbaren Boden. Schon als ich die Praxis verließ, war ich im Begriff, ein anderer zu werden: Im Wartezimmer trat ich dem alten Mütterchen den Stuhl unter dem Hintern weg, entrang ihr ihren jungen Cockerspaniel, puhlte mir in der Kimme und zog von dannen. Ich machte den Kötz und mich gleichermaßen mannscharf und nahm ein Pseudonym an, einen Kriegsnamen: Michael Rutschky.

Alles, was Veterinär Schmissas mir prophezeite, ist eingetreten. Der Kanzler war wirklich sehr freundlich zu mir gewesen, und wenn mir einer dumm kommen will, dann haue ich dem den Locus classicus um die Ohren, dass er nicht weiß, ob er explorieren oder explodieren soll, aber so was von ex post. Nur eins ist seltsam: Als ich meinem alten Freund Schmissas das Bundesverdienstkreuz zeigte, das Gerhard Schröder mir geschenkt hatte, sah er mich an und lachte, laut und schallend und anhaltend, und er hörte nicht mehr auf zu lachen, nie mehr.

Kollateralkameraden

In Afghanistan geschah, womit zu rechnen war: Nicht nur die anderen, also die Unter- beziehungsweise Egalmenschen kommen ums Leben, auch kostbare Deutsche trifft es. Die in der Logik ihrer militärischen Arbeitgeber zwar völlig verzichtbar sind – »Ein bißchen Schwund haste immer!« –, aber zumindest postum etwas Besonderes sein müssen. Drei dänische und zwei deutsche Soldaten starben, als sie versuchten, eine Rakete zu entschärfen. Für Dänen interessiert sich die deutsche Soldatenpresse weniger, von den Deutschen weiß man: Sie wurden befördert: vom Leben zum Tode, vom gemeinen Mann zum Helden. »Unsere Helden! Heimkehr in Särgen«, titelte das Fachblatt *B. Z.* am zehnten März 2002; ein großes Farbfoto zeigte eine Deutschlandfahne mit Kriegsadler, die um einen Sarg gewickelt war, und gut drei Dutzend Kampfuniformierte mit ernstgedrillten Gesichtern. Auf Seite drei wurden Blut und Seife ausgegossen: »Ein einzelner Trompeter spielte das Lied ›Ich hatt einen Kameraden‹. 1200 Soldaten standen stramm im strömenden Regen. Zwei von ihnen brachen während der Feier zusammen.« So ist das Wort Kollateralschaden auch beim deutschen Soldaten angekommen: Die Entwicklung vom Kameraden zum Kollateralkameraden vollzieht sich mitunter schrappnellschnell und militärisch flott.

Der Kommandeur von Uniformträgern, die im Tode Helden sein müssen, damit man nicht fragt, was sie im Leben waren, heißt Carl-Hubertus von Butler und redet auch so: »Sie sind hier gewesen, um dem Frieden zu dienen und das Zusammenleben der Völker zu fördern. Dafür haben sie das Wertvollste gegeben, was sie besitzen – ihr Leben.« Der erste Halbsatz stimmt sogar: »Sie sind hier gewesen.« Alles andere ist Casino und Kapelle. Die Soldaten gaben ihr Leben nicht, es wurde ihnen genommen. Sie besaßen ihr Leben auch nicht – sie hatten es vorher verkauft beziehungsweise auf Zeit vermietet, gegen Sold, wie Söldner das nun einmal tun. Für die Bereitschaft, anderen das Leben zu nehmen und dabei auch das eigene zu riskieren, gibt es Zulagen. Zwei deutsche Soldaten erlitten einen Arbeitsunfall und konnten die Prämie nicht mehr kassieren. Wer darüber in Tränen ausbrechen will, mag das tun.

»Unsere Helden«? Meine nicht. Das Bedürfnis, Helden wenigstens publizistisch zu zeugen, offenbart den dringenden Wunsch nach noch mehr Leichen. Lebende Helden gibt es ja kaum – wer Helden will, den verlangt es nach Toten. Und wenn die Heldenfriedhofswärter sich selbst zu Helden machten? Der bratwurstige *B. Z.*-Chefredakteur Georg Gafron bettelt geradezu um ein schwarz-rot-goldenes letztes Lätzchen. Auch sein Vorgänger, der *Bild*-Kolumnist Franz Josef Wagner, gegen dessen Prosa allenfalls ein spermizides Mittel hülfe, hat dringenden Heldenbedarf angemeldet. Die Prominentenfriseure dieser Welt werden ihn vermissen.

Der Propagandazwerg Henryk M. Broder dagegen spricht nicht plump von Helden – er beschimpft bloß jeden, der kein Held werden möchte, als Feigling und hofft, auf diese Weise den einen oder anderen doch noch in eine verschärfte Mordbereitschaft hineindrangsalieren zu können. So erhöht er die eigene statistische Chance, vom Fernsehsessel aus täglich zusehen zu können, wie aus einem Feigling ein Held wird, ein Kollateralkamerad – von dem die anderen dann singen, sie hätten ihn gehabt, und einen besseren nicht gefunden.

Personenschaden mit Laub

Personenschaden ist das Deutsche-Bahn-Wort für Selbstmörder. Wenn jemand seinem Leben ein Ende macht, indem er sich vor einen fahrenden Zug wirft, heißt er in den Lautsprecherdurchsagen der Bahn Personenschaden. Selbstmord – oder besser: Freitod – ist etwas sehr Einsames und Respektables; deshalb ist es mir überhaupt nicht sympathisch, wenn jemand andere in diese höchst persönliche Angelegenheit hineinzieht. Doch bei aller Abneigung gegen Lokführertraumatiseure zuckte ich heftig, als ich im Speisewagen eine laute Männerstimme sagen hörte: »Ja … Stunde Verspätung … Personenschaden. Da hat schon wieder so'n Arschloch die Grätsche gemacht.« Der Sprecher war ein Kawentsmann um die 50, und er bölkte in sein Telefon. Er saß einen Tisch weiter. Plötzlich fixierte er mich und begann zu brüllen: »Hast du mit Kosslick gesprochön?« Das e sprach er wie ein ö, und er war so laut, dass man seine Rede in Versalien hätte transskribieren müssen: »HAST DU MIT KOSSLICK GESPROCHÖN?« Nein, das sieht immer noch viel zu dezent aus, der Kerl brüllte mindestens in gefetteten Versalien: **»HAST DU MIT KOSSLICK GESPROCHÖN?«**

An Flucht war nicht zu denken, der Zug pickepacke voll. Ich sammelte mich, und in eine seiner raren Schreipausen hinein sprach ich ernsthaft und leise: »Verschwiegenheit ist für mich kein leeres Wort. Ich habe nicht mit Kosslick gesprochen und mit niemandem sonst. Ich gehe auch nicht bei den Bullen singen. Geheimnisse sterben in meiner Brust. Sie können sich vollkommen auf mich verlassen: kein Wort zu Kosslick, nicht von mir. Und deshalb duzen Sie mich bitte auch nicht.«

Ich fand das eine sensationell freundliche Art, die grobe akustische Unhöflichkeit zu parieren. Der Mann indes sah mich an, als sei ich ein Insekt und er eine Fliegenklatsche. Mit einem Gesichtsausdruck, als wolle er grunzen oder rülpsen, drehte er sich weg, widmete sich seinem Telefon und schrie ein Du an, ob es mit Kosslick gesprochön habe. Immerhin lagen seine Fettaugen dabei nicht mehr auf mir herum.

Erneut tippte der Humpen in sein Gerät, stierte mich an, als wolle er mich mit Heftzwecken an eine Wand pinnen und fettete abermals auf mich ein. Diesmal hatte er seinen Text variiert: »**HAST DU MIT LAUB GESPROCHÖN?**«, grölte er. Ich dachte an die *Touché*-Figur des *taz*-Wahrheit-Zeichners TOM, die ständig Bäume umarmt, und sagte leise: »Nein. Ich spreche nicht mit Laub, nicht im Herbst und nicht einmal im Frühjahr, wenn die Kastanienblätter zartgrün hervorlugen wie vorwitzige hübsche Brustspitzen. Ich spreche Pflanzen nicht von der Seite an, und ich telefoniere auch nicht mit ihnen. Auch nicht mit Laub.«

Ich sprach knapp zimmerlaut – also weit unterhalb seiner akustischen Wahrnehmungsgrenze. Vielleicht hätte ich mit Messer und Gabel in den Mann eindringen können, aber dazu sah er einfach nicht lecker genug aus. Er war aus Vollgummi und toter als jeder Personenschaden, nur leider nicht so still. Ich teilte ihm das mit, doch weil ich nicht brüllte, hörte er es nicht. Sollte ich aber eines Tages Kosslick treffen oder Laub, sage ich denen etwas, das sie wahrscheinlich noch nicht wissen: Trommelfelle heißen Felle, weil man sie streichölln soll.

Ich schulde einem Lokführer eine Geburt

Eine dringende Herzensangelegenheit brachte mich in die etwas missliche Lage, in Bielefeld die Regionalbahn nach Altenbeken nehmen zu müssen, denn dort, in Altenbeken, wartete der Anschlusszug, der mich zu meinem Ziel bringen sollte. Die Regionalbahn indes verließ Bielefeld mit so großer Verspätung, dass der weitergehende Zug nicht würde erreicht werden können. Verzweiflung beschlich mich. Ich würde eine weitere Sehnsuchtschicht schieben müssen, und das in Altenbeken. Ich sah mich ausharren in Altenbeken, mit langem, gedehntem e: Altenbeeken. Es klang fast wie Altenhundem. Das es in der wirklichen Wirklichkeit genauso gibt wie Altenbeken: Altenhundem. Das liegt da, wo die alten Hundem verfroren sind, wenn nicht sogar die altem Hundem. Beziehungsweise eben die alten Beeken. Mir brach der Schweiß aus.

Ich hoffte auf den Schaffner, um ihn zu fragen, wie die Chancen stünden, die in Bielefeld vertrödelte Zeit aufzuholen. Niemand kam vorbei. So machte ich mich auf die Suche und wanderte zur Spitze des Zuges. Die wenigen Passagiere schliefen oder tranken Dosenbier, und schon nach zwei Waggons stand ich vor der Kabine des Lokführers. Es handelte sich um einen seriös melierten Herrn von schätzungsweise Mitte 50, dessen ernste Züge von Freundlichkeit aufgehellt wurden, als er zu mir herübersah. Ob wir Altenbeken vielleicht doch pünktlich erreichen könnten, fragte ich; sehr dringend müsse ich dort den Anschluss-Interregio erwischen. Er schüttelte den Kopf. Nein, leider nicht, bedauerte er, ich müsse wohl oder übel zwei Stunden auf die nächste Verbindung warten. Sein Bescheid traf mich voll. Und plötzlich, ohne die geringste vorhergehende Überlegung, hörte ich meine Stimme sagen: »Es ist wirklich wichtig. Meine Frau liegt in den Wehen!«

Ich sagte das mit sonorer Stimme, dem Thema angemessen leicht gepresst. Es klang unglaublich echt, ich war selber beeindruckt. Dabei bin ich weder verheiratet, noch war ein Kind unterwegs. Aber für den Lokführer, der mir glaubte, lagen die Dinge anders. Er sah mich mit großem Ernst an und schwieg. Etwas sehr Altes und Mächtiges war zwischen uns getreten, nackt und keinen Aufschub duldend: Mann-Frau-Kind, Keimzelle, Familie, Brut, das Überleben der Population. Wir waren zwei Männer, schicksalhaft verwoben, er konnte mein Los lindern, wenn er tat, was zu tun war, und er tat es ohne Zögern. Er nickte, noch immer schweigend, und ich bin sicher, dass er vor seinem geistigen Auge sah, was auch ich sah: eine Frau zwischen Laken, das Gesicht schweißbedeckt, eine Hebamme, einen Arzt, der eimerweise schwarzen Kaffee trank, um wach und wieder nüchtern zu werden, und eine Stimme rief: »Bringt heißes Wasser und frische Tücher!«

»Ich kümmere mich«, sagte der Lokführer in großer, schöner Einfachheit. Ich dankte ihm so ernsthaft, dass ich die geflunkerten Wehen beinahe selbst zu spüren glaubte. In Altenbeken wartete tatsächlich der Interregio, auf Gleis 22. Wer hätte gedacht, dass Altenbeken 22 Bahngleise hat? Es hat sogar 32, wenn ich richtig gesehen habe beim Rennen zum Zug. Im Bistrowagen trank ich in Ermangelung einer Alternative einen Cabernet Sauvignon aus der argentinischen Bodega Vollmer, den ich normalerweise verschmähe, weil er so schmeckt, wie ich mir einen Kuss der Bielefelder Sauerkonserve Antje Vollmer vorstelle. An diesem Abend schmeckte er köstlich. Glück bestach meinen Gaumen, und Dankbarkeit: Glück über die eigene geradezu katholische Lügefähigkeit, und Dankbarkeit für die freundliche, selbstverständliche Entschlossenheit eines westfälischen Regionalbahnlokführers – dem ich nun, da gibt es kein Vertun, eine Geburt schuldig bin, mit allen Schikanen, mit heißem Wasser und frischen Tüchern.

Was trägt Santa Rita drunter?

Eine Variation des Katholischen als agnostische Verkehrsform

Wenn ich den Namen der deutschen Universitätskleinstadt Göttingen lese, muss ich immer an Göttin denken. Wer Göttingen kennt, wird hier verdutzt stutzen – und ahnen, dass die Verehrung nicht an Göttingen selbst liegen kann. Die niedersächsische Kleinstadt beginnt ihren Namen zwar mit Göttin, weiß aber das ihr vielleicht sogar innewohnende Verzückungspotential ebenso kompetent wie komplett zu verstecken. Und obwohl selbst der gottvoll agierende Dichter und Zeichner F.W. Bernstein lange in Göttingen wirkte und lehrte und auch Robert Gernhardt dort allerlei Schülerunwesen trieb, hat die Stadt den zweifelhaften Charme eines etwas albernen und verpupsten Studniker-Durchgangslagers nicht ablegen können, das junge Menschen zunächst halbfertig bäckt, um sie dann, randvoll viertelakademischer Ressentiments, ins allgemeine Rennen zu schicken, wo sie flugs die Sitten verderben.

Meine Göttingen/Göttin-Assoziation verdankt sich einzig einer jungen Frau, der ich vor einigen Jahren in Göttingen begegnete – die aber, wie auch ich, an jenem Abend in Göttingen nur zu Gast war. Ich sah sie, ich hörte sie sprechen – und stand in Flammen. Sie hatte einen Mund, für den der Papst den Petersdom angesteckt hätte. Und ich hätte ihm das Benzin und die Sticken dazu geholt.

Vielleicht war es diese Entschlossenheit, die mir half, sie kennen zu lernen – vielleicht aber auch der Sprint in eine Kathedrale bei der nächsten sich bietenden Gelegenheit. Sieben große Kerzen zündete ich an und betete um Glück. Ich gondele für gewöhnlich als skeptischer Agnostiker durch die Welt, bin also auch der eigenen Agnosis gegenüber vorsichtig – es fällt schließlich nicht leicht, die Existenz Gottes abzustreiten, wenn Van Morrison sie besingt: Zumindest in Van Morrison und seiner Musik leben Göttin und Gott. Mit gläubischem Tünnef aber habe ich keinerlei Verträge, ein pötternder Christ werde ich in diesem Leben nicht mehr. Doch in dem Fall wollte ich jede Hilfe, die ich kriegen konnte. Gott konnte nicht schaden, dachte ich etwas salopp – was allerdings, gäbe es IHN wirklich, ein unverschämter Satz wäre: Vorschriften wären wohl das Letzte, mit dem man Gott kommen könnte.

Da meine Gebete freundlicherweise erhört wurden, hatte ich Dank abzustatten. So begann ich, Kirchen aufzusuchen, entzündete der Liebe neue Lichter und flüsterte in frohem Ernst: Merci, mon Dieu. Ich fand Gefallen an den kühlen, stillen Häusern Gottes. Es sind lallbackenfreie Zonen, niemand brüllt oder lässt den Hund bellen, auch die sogenannten tollklasse Meinungen werden schön für sich behalten. Das tut ihnen sehr gut, den Meinungen, wenn sie das Licht der Öffentlichkeit gar nicht erst erblicken, und meine Ohren danken's auch. Kurz: In einer gescheiten Kirche geht es, außerhalb der Gottesdienstzeiten, immerhin so würdig zu, wie es in lauten und launigen Zeiten vielleicht gerade noch möglich ist.

Bitter allerdings für den wenn nicht Gott, so doch Ruhe Suchenden sind protestantische Klitschen: Bah, wie schäbig, für INRI nur IKEA übrig zu haben. Martin Luther, der letzte Katholik des Protestantismus, wußte noch, wie man Gott richtig verehrt, wollte es aber aus Prinzipienreiterei allen anderen verbieten. So kam der deutsche Protestantismus in die Welt, und bis heute hat er ihr nur Verzichtbares hinzugefügt.

Wie erfreulich dagegen ist ein Tête-à-tête mit Gott in einem romanischen Land. In Italien oder Spanien geht man großzügig am Opferstock, und auch der Laie versteht, wie der Katholizismus seine Kundschaft ankobert und ködert. Ich sah schwule Jesusse sonder Zahl, zur Freude der Auftraggeber oder des ausführenden Malers gepinselt, und auch die Heiligenbilder und Heiliginnenstatuen feuern deutliche sexuelle Botschaften ab. In der großen Kathedrale in Barcelona zündete ich Santa Rita eine Kerze an: Hoch und gerade stand sie im langen schwarzen Kleid, ein heiliges Versprechen aller köstlichen Sünden, und mir wurde klar, welche Frage Generationen von Novizen und Ministranten bei der Stange hielt und hält: Trägt Santa Rita was drunter? Wenn ja, was? Ist sie rasiert? Das ist es, was den katholischen Laden zusammenhält – das Pattex der erotisch-katholischen Mystik scheint gut zu kleben. Ich schwankte, sank auf die Knie vor Santa Rita, mir wurde schwarz vor Augen, und dann sah ich die Schrift an der Wand und las sie vor: Katholizismus ist wie Analverkehr – man muss sich richtig reinknien, um ihn zu verstehen.

Das Schöne an katholischen Ländern ist, dass man noch ohnmächtig werden darf. Ich erwachte, die empfangene Botschaft in mich eingraviert, rappelte mich auf – und floh. So genau hatte ich es lieber nicht wissen wollen: Nein, das klang nach Aua. Ich sprang dem Katholizismus von seiner schön schimmernden, aber garstigen Schüppe.

Im Hotelzimmer baute ich einen kleinen Altar für die Liebe: Santa Rita, daneben einen kurzberockten, geflügelten männlichen Engel, der den Teufel mit einer Lanze niederhält. Kerzen verströmten milde ihr Licht, und eine sehr reale Göttin weihte mich ein in die Freuden und Wonnen des Sexismus, von Göttingen so angenehm viele Lichtjahre entfernt wie von allem katholischen Krempel.

Die kitschigen Heiligen habe ich trotzdem lieb.

Dinge, die man lieben kann: Der dicke Mann

Eine Gastgeschichte von *Sibylle Berg*

Im Fernsehen kündigt wer einen Film an: »Joan Collins – In der Gewalt der Riesenameisen«. Wo sind wir nur hingekommen, dass noch nicht einmal Riesenameisen ihrem sprichwörtlichen Riesenameisengeschmack vertrauen können? Und außerdem ist es wieder kalt und draußen Pfützen geworden, das Licht fahl, ein Frösteln in der Luft, und ich mache, was der nahende Winter verlangt: nichts. Hocke zu Bett und gucke Fernsehen. Das sind die Monate, in denen es schwer fällt zu tun, als sei man kultiviert. Der Winter ist nun mal zum Überwintern gemacht. Träge fließt das Blut, dicker als Wasser, der Mensch streicht mit Hausschuhen die Flure entlang, zum Kühlschrank, tapst wieder zu Bett, mit sauren Gürkchen, denn der Kühlschrank ist leer, und zum Rausgehen fehlt der Mut. Der Mensch legt sich mit den Gürkchen wieder hin, deckt sich zu, cremt das Gesicht ein, damit es durch die 35° Grad Raumtemperatur nicht schrumpelt, bohrt in der Nase, schläft und stinkt.

Ab und an ist er einsam, denn niemandem mag er diesen Anblick zumuten. Der ist wie Krankheit, sowas sollte man hübsch mit sich allein abmachen, und eben das macht einsam, denn die Freundinnen liegen in ihren eigenen Wohnungen, und zum Teilen taugten höchstens Herren, die sind kriegserfahren und bekannt dafür, dass sie viel aushalten. Ich liege im Bett und stelle mir den Mann zur Einsamkeit vor. Da taucht einer auf, wie sie alle aussehen, mit feschem Kurzhaar, hartem Bauch und dünnem Leib. Ich sehe, wie der Mann hektisch mit Hanteln um mein Bett springt zu Technomusik, wie er sich im Bad Creme in seinen Körper schlägt, sehe ihn mit Rollschuhen rumdüsen und einen Freund begrüßen, heißt, ihm auf den Rücken schlagen, bis der bricht.

Dünne moderne Männer tragen karierte Hosen, Caterpillars, gucken nur Tarantino-Filme, reden Mist und sind ungemütlich. Das, was mir helfen könnte, den Winter zu überstehen, wäre etwas, das es seit Erfindung der Männermodels kaum noch gibt. Und aus dem Nebel meines vollgerauchten Zimmers taucht eine Vision hervor und hustet: ein dicker Mann. Rund und fest, weich und hübsch anzuschauen, wie ein Mädchen oder ein Stofftier. Der dicke Mann ist warm und legt sich träge zu mir aufs Bett. Er liest mir mit seiner dicken Stimme Geschichten vor, erhebt sich manchmal lässig, um ein winziges Schwein zu braten und mich damit zu füttern. Der dicke Mann muss nichts. Nicht schön sein und schlank, und das entspannt ihn sehr. Er kämmt sich seine langen Haare, und es ist ihm ganz egal, ob ich hässlich aussehe, weil ihm sowas eben egal ist. Der dicke Mann riecht nach Marzipan, und auf seinem Leib kann ich einnicken wie auf einem Wasserbett, meinen Kopf bedeckt von seiner großen Tatze, und ab und zu trägt er mich, damit mir Bewegung geschieht. Draußen ist es dunkel und niemand da.

Doch wie immer, wenn die Not am größten ist, kommt just Gott vorbei, der aussieht wie Joan Collins. Soll ich dir was schenken, fragt er. Und ich sag: ja. Und er sagt: Was denn? Und weil Gott Joan so ähnlich sieht, sage ich aus Versehen: eine Riesenameise. Ein Scheiß.

Perfekte grüne Sauerfrau

Das federleicht tragikomische Gedicht »Ritter Sockenburg« von Joachim Ringelnatz endet mit dem Vers: »Ihr Besitzer lebte fern im Norden / Und war homosexuell geworden.« Diese Zeilen fielen mir zuletzt ein, als ich Claudia Roth eine Rede halten sah und hörte. Die damalige Vorsitzende der Grünen changierte und chargierte zwischen Grinsen und Rührseligkeit, während sie erklärte, dass sie für den Krieg ist, weil sie gegen den Krieg ist. Genau wie sie sollten es die anderen Kinder auch machen, dann wäre alles gut und die Welt eine bessere. Ihr Auftritt verströmte die Ästhetik einer Butterfahrt mit anschließendem Heizdeckenverkauf, und die parteigrünen Fußvolkler machten brav mit, was Frau Roth im Verein mit dem ebenfalls lackiert grienenden Joseph Fischer ihnen abverlangten.

Warum soll man sachlich sein, wenn es auch persönlich geht? Claudia Roth gegenüber müsste man sachlich ja auch erst werden: Alles, worüber sie spricht, macht sie zu einer angeblich ganz persönlichen Angelegenheit, Tränenfluss, brüchiges Timbre und großgestiges Um-die-Welt-besorgt-sein-Gehampel inklusive. So geht ihr Spiel: Sie äußert sich hochbewegt jaulend, schlammig menschelnd und geistfrei edelkitschend, jede Kritik daran aber versucht sie plump mit dem Hinweis auf angebliche Unsachlichkeit auszuhebeln. Ich habe viel für Naivität im Sinne von Natürlichkeit übrig, aber so naiv, einer gewohnheitsmäßig aufgepeitschten Betroffenheitsnudel auf eine Sachebene zu helfen, bin ich dann doch nicht.

An Claudia Roth stimmt wirklich und wahrhaftig nichts. An dieser Person ist, mit dem von ihr zu Tode zitierten Rio Reiser gesprochen, ganz und gar alles Lüge. Habituell verinnerlicht hat sie das willfährige Hin-und-her-Switchen zwischen öffentlicher und privater Rolle. Die Bayreuther Wagner-Festpiele besuchte sie in so heillos aufgemaschelter Garderobe, dass im Umkreis von 30 Kilometern die Blindenhunde knurrten. Das fotografische Dokument der Peinlichkeit, auf angebliche Hochkultur zu schielen und dann ohne Stil in der Landschaft zu stehen, bezeichnete Claudia Roth in erwartbarem Kalkül als »Angriff auf sie als Frau«. In den achtziger Jahren wäre sie damit durchgekommen, heute aber zieht der Ranz nur noch bei den ganz Schlichten. »Ihre Knie« hätten »richtig nachgegeben«, weinte sie in die Zeitung hinein, um einen Augenblick später zu beklagen, dass sie als »emotionsgeleitet beschrieben« werde. Geht es noch ausgepichter?

Wenn Claudia Roth im Spiel ist: ja. »Ich habe mich nicht verkauft«, trompetet sie weiter, und ein sympathisierender *taz*-Tempotuch-Journalismus hebt dieses belanglose, selbstreferentielle Zeug in den Rang einer Nachricht. Frau Roth ist zwar Politikerin, redet aber ausschließlich darüber, dass sie sich selbst treu und überhaupt ganz doll sie selbst undsoweiter geblieben sei. Wer will das wissen? Die grünen Führerinnen und Führer werfen ihren Kritikern gebetsmühlenhaft vor, sie bloß moralisch zu attackieren – umgekehrt stimmt es. Claudia Roth ist es, die jede Diskussion auf die Ebene vor sich her getragener moralischer Integrität hebt. Schaut her, ruft sie, ich bin noch immer die Ton-Steine-Scherben-Managerin, seht meine Wurzeln, bin ich nicht gut?

Worauf zum Beweise dessen ein unvermeidliches Scherben-Zitat folgt – zuletzt kriegte Matthias Beltz eins ins Grab hinterhergeschrien. Auch mit einer Todesanzeige kann man auf Stimmenabgreife gehen. Dass ich von dieser existentiell durchlogenen Gebrauchtemotionshökerin garantiert kein öliges Grabgebinde nachgeworfen bekommen werde, hat nicht wenig Trost.

Claudia Roth ist nicht - Claudia Roth wäre gerne. Das daraus resultierende Sich-selbst-und-andere-blenden-Wollen führt zum peinlichstolzen Zurschaustellen der eigenen entich-ten Existenz, die sich allein im medialen Spiegelbild noch ihrer selbst versichern kann. In dieser eiernden Lebenshaltung, die streng genommen keine ist, repräsentiert die grüne Sauerfrau ihre Partei perfekt. Doch heiter stimmt uns die Demokratie: Wer genau das will, kann genau das wählen. Dafür will ich dankbar sein und gnädig - allerdings nicht zu Claudia Roth, die Freundlichkeit gar nicht oder nur ganz falsch verstünde. So sehr ich es liebe, Frauen zu füttern - Claudia Roth gäbe ich nichts, nicht mal ein Menopausenbrot.

Fa und Fantifa

Im Januar 2002 demonstrierten in Wien 120 Nazis gegen die Ausstellung über die Verbrechen der Wehrmacht. »Großvater, wir danken Dir!« stand auf einem ihrer Transparente. Es sagt alles über die, die es trugen. Davon träumen sie: Morden und Exekutieren und die Sadistensau-rauslassen-Dürfen, gedeckt durch Befehl, und hinterher, wenn es aufkommt, ganz unschuldig sein, wie ihre Großväter. Eine zweite Parole ließ gleichfalls nichts verborgen: »Sie waren die besten Soldaten der Welt.« Nazis bezeichnen Wehrmachtssoldaten als Mordrekordmeister? Da möchte ich ausnahmsweise nicht widersprechen.

Fa ist ekelhaft, reflexhafte Antifa ist ermüdend. Wenn eine »feministische Antifa« sich in vollem Ernst und Wichs »Fantifa« nennt, wird die Luft dünn: Fantifa, die kleine Elefantin, trompetet die bösen fleischfressenden Nazimänner in die Flucht und lernt in den Porzellanläden der Welt noch viele andere ganz mutige Elefantinnen kennen...

Unterstützung erhielten die Fantifaschisten in Wien von Iris Berben, die im »Ronacher« aus den Tagebüchern von sowohl Anne Frank als auch von Joseph Goebbels las. »Was Opfer und Täter verbindet? Beide haben Tagebuch geführt«, hieß es treffsicher in der Ankündigung. Frau Berben trat nicht zum ersten Mal als Expertin an. In ihrem Fotobuch »Älter werde ich später – Das Geheimnis, schön und sinnlich, fit und entspannt zu sein« (München 2001) posiert sie viel mit offenem Munde. Warum? Mit offenem Knabberkasten sieht man gemeinhin eher nicht besonders intelligent aus. Das macht aber dem Zielpublikum der ebenso mäßig talentierten Schauspielerin wie geschäftstüchtigen Münchner Gastronomin nichts aus, denn das erfährt auf diesem Wege die einzige Botschaft, die es interessiert: Frau Berben nähme ihn gegebenenfalls eventuell auch schon einmal in den Mund. Beziehungsweise tut so, als ob sie das täte. Na und? Wer da nicht rennt, ist verwirrt oder hat, peinlicher, Grund zu bleiben.

Das männliche deutsche Pendant zu Iris Berben fand sich ebenfalls in Wien, im »Motto«, einer Bar in der Schönbrunner Straße. Es war klein, fränkisch, trug ein Hemd, dessen Muster an eine bayerische Wirtshaustischdecke erinnerte, um den Hals hatte es sich einen bavariablauen Schlips gezurrt, dessen Knoten von einem notorischen Siegergrinsen gekrönt wurde. Richtig: Es war Lothar Matthäus, der in Wien zu dieser Zeit den Fußballclub Rapid im Rahmen seiner Möglichkeiten relativ zielsicher Richtung Untergang trainierte. Er stand am Tresen, zwei ebenfalls kinnmuskelwulstige Zähnefletscher zur Seite, die gemeinsam mit ihm das Damenangebot prüften: drei kosmetisch hochaggressiv aufgerüstete Frisierschüsseln, in deren Gesichtern die Wesenszüge Kaltherzigkeit, Habgier und Kopfleere um Vorherrschaft rangen – also genau das, was gut zu Lothar Matthäus passt. Uneinsichtig aber beklagt sich dieser Mann beim Boulevard, die Frauen wollten »nur sein Geld«. Ja was denn sonst? Seinen Esprit? Seine, wie der Franke es ausspricht, »Erroodik«?

Als ich diese drängenden Fragen an die verehrte Gisela Güzel weiterleitete, kiekste sie entsetzt auf. »Iiiieh! Lothar Matthäus! Nicht mal mit Kissen!« Ob ich das zitieren dürfe, fragte ich, denn journalistische Sorgfalt ist mein zweites Ich. »Darfst du – aber nur, wenn du sagst, dass Kissen ein Plural ist: Zwei – eins oben, eins unten.« Sexismus, das trillerten mir allerlei Fantifas einst in die Ohren, sei vollautomatisch auch Rassismus und Faschismus, also beinahe so schrecklich wie Fleischverzehr. Ob das aber auch für avancierten weiblichen Sexismus gilt?

Und Beten hilft doch

Fünfter Mai Zweitausendzwei: Borussia Dortmund macht seine Anhänger grauhaarig, aber glücklich

Der aufdringliche Zweitligist Wolfgang Niedecken behauptete in einem Lied, das er seinem toten Vater hinterherbapte, das Beten als solches hülfe nicht. So ist das: Wenn man außer kölsch nichts gelernt hat, dann weiß man eben auch nicht, dass in allen Liebesangelegenheiten außer Beten manchmal gar nichts mehr hilft.

Nervös wie ein Spinnewipp hühnerte halb Dortmund an diesem Samstagmittag durch sich selbst. Die Gesichtsausdrücke zeigten Skepsis bis hin zur nackten Angst. Die »Blattschuss«- und »Jäger«-Rhetorik des Dortmunder Managers Michael Meier war an fast allen Anhängern Borussia Dortmunds abgeperlt. Große Klappe ist nicht Stil des Hauses, seitdem der Trinkerheiland Udo Lattek sein Wollen und Wirken in Dortmund zugunsten Kundigerer drangab. Der Typus des chronisch das Erfolgsgebiss fletschenden sogenannten »Siegers« ist hier eher wenig verbreitet.

Auf der Pressetribühne traf man ihn allerdings in Gestalt von Marcel Reif, der mit Hilfe seines grob unhöflichen TV-Teams alle anderen auf billigere Ränge schicken wollte, um nach Gutsherrenart platzhirschen zu können. Rasch enteilte ich der krösigen Aura von Meister Wichtigpropper.

Auf dem Rasen wurde Jürgen Kohler verabschiedet. »Jürgen Kohler Fußballgott!«, riefen die Fans, Kohler weinte vor Rührung. Es war überhaupt nicht peinlich. Ich sah ihn, wie er in Manchester den großartigen Cantona entmutigte, und dankte ihm im Stillen. Später war zu sehen, wie der weinende

Kohler von einem »ran«-Mann gefragt wurde, was er in diesem Moment gefühlt habe. Soviel Intelligenz ist bei »ran« Einstellungsbedingung.

Der Spielbeginn rückte näher. Rituale wurden vollzogen – buddharunde Herren rieben ernst und konzentriert ihre Glücksbäuche. Andere zogen kubanischen Tabak aus ihren Jackentaschen hervor, um im Moment des Anpfiffs die Glut der Hoffnung zu entfachen und flatternervig gutes Rauchkraut zu verbrennen, als Opfergabe. Auf dem Spielfeld betete Dédé. Ich verstand ihn gut und hatte auch sonst viel Freude an ihm an diesem Tag.

Bald kam, was in Dortmund fast immer kommt: der Schock. Amoroso traf die Latte, kurz darauf schlief die Dortmunder Abwehr, Werder Bremen führte Einsnull, und Ailton hatte das Zweinull auf dem Fuß, machte aber nur eine Art Rückgabe auf Lehmann. Ich habe nicht wenige graue Haare, und alle habe ich sie aus Dortmund. Herzrhythmusstörungen sind ebenfalls der aufreibenden Hingabe an diesen Verein geschuldet. Aber wer glücklich ist, dem ist Undankbarkeit fern, und Jan Kollers Ausgleichstor war Glück, reines, lavaheißes Glück.

Wie Milch lag der Nebel über dem Westfalenstadion. Es war kalt und nass, fiesfingrig kroch Unglaube den Rücken hoch. Als Addo den Pfosten und später der Bremer Tjikuzu die Latte traf, war ich der guten alten Ohnmacht ziemlich nahe. Dortmund besorgte es seinen Anhängern mal wieder gründlich, und ich sah unter Extrembedingungen zu: Im linken Ohr stak der Kopfhörerknopf des extra angeschafften Transistorradios. Die gellende Schredderstimme Sabine Töpperwiens gab mir beinahe den Rest.

Ich schickte einen Stoßseufzer Richtung Rasen: »Tut nichts, was ich nicht auch tun würde.« Und dann kam es, das Manna der Erlösung. Der für den schwachen Heinrich eingewechselte Ewerthon bekam den Ball von Dédé aufgelegt und traf zum Zweieins. Die verbleibenden 15 Minuten wurden mit vegetativem Zittern herumgebracht. Der einsetzende Jubel wirbelwindete um mich herum, aber ich war ausgepumpt und leer.

Mit Dortmund gewinnen ist schön – und auch schön seltsam. Gewinnen muss schon mal sein, und sei es, um unangenehme Münchner Balltreter und Anhänger in den für sie so seltenen und von ihnen so verabscheuten Zustand des Leiseseins zu entlassen. Aber Sieger möchte ich nicht sein noch sehen. Es gibt einen großen feinen Unterschied zwischen Siegen und Gewinnen: Siegen ist triumphierend-auftrumpfend, Gewinnen dagegen leichtfüßig, auch das Glückliche am Erfolg zugebend. Lotteriesiege gibt es nicht, nur Lotteriegewinne. Und das Schönste: Niemals brüllt jemand »Gewinn heil!« – es funktioniert nämlich nicht.

In einer nahegelegenen Gastwirtschaft tauchte ich ein in Freudenlärm und Dunst. Das Spiel wurde in der Fernsehwiederholung noch einmal genauso bejubelt wie zuvor im Stadion. Es herrschte das Glück der Regression und Redundanz. Fußball ist, wie Kochen und Singen, Liebe und Religion.

Lehrer, die wir laufen ließen

Kutzmutz ist an allem schuld. Kutzmutz, Dr. Olaf Kutzmutz, von der Bundesakademie für kulturelle Bildung Wolfenbüttel. Er sprach mich an. Ob ich nicht ein Seminar geben könne. Wie man Kolumnen und Glossen schreibt. Hmmh. Warum sollte ich das tun? Ich bin kein Lehrer, ich fühle mich nicht berufen. Mein Vater war Lehrer, mein älterer Bruder ist es noch. Das pädagogische Potential der Familie sollte damit ausgeschöpft sein. Aber Herr Kutzmutz, der Fachbereichsleiter Literatur, ist sehr freundlich. Und hartnäckig. Und der Termin, den er vorschlägt, ist noch so weit weg. Über ein Jahr noch. Das klingt ungefährlich. Und dann heißt Herr Kutzmutz eben Kutzmutz. Wenn einer Kutzmutz heißt, wird er das Wort nein nicht oft hören müssen. Kutzmutz bittet, und die Welt willfährt.

Ich jedenfalls willfuhr und sagte zu. Das Jahr verging äußerst rasch, und plötzlich saß ich im Zug nach Wolfenbüttel. Lehrer für zwei Tage sollte ich sein, von Freitag nachmittag bis Sonntag mittag. Und das im Mai 2002, wo doch nichts mehr war wie früher! Seit dem Elftenseptember ist ja alles so was von ganz anders, aus jedem Kopf heult und quasselt es heraus, Verstand, soweit vorhanden, wurde als Grabgebinde fortgeworfen. Dann aber lief ein Erfurter Schüler Amok, und schon wieder war nichts mehr, wie es nie gewesen war. Die ausgestellte Trauer durchreisender Wahlkämpfer allerdings wurde tatsächlich noch dicker und öliger aufgetragen als gemeinhin üblich.

Und in solchen Zeiten wollte ich, wenn auch nur für ein Wochenende, ein Lehramt antreten? War ich lebensmüde? *Focus*, das Magazin für avancierten Frettchenjournalismus, titelte: »Die Angst der Lehrer – Wie Pädagogen die Schule als täglichen Albtraum erleben«. Das organisierte Selbstmitleid war zum Speien. Andererseits: Ist es nicht begrüßenswert, dass Leute wie Helmut Markwort jetzt sogar Angst vor Kindern haben?

Zur Einstimmung auf meine Arbeit las ich Elias Canetti, »Masse und Macht«, das Kapitel über den Befehl:

»Die Befehlsempfänger, denen am gründlichsten mitgespielt wird, sind Kinder. Daß sie unter der Last von Befehlen nicht zusammenbrechen, daß sie das Treiben ihrer Erzieher überleben, erscheint wie ein Wunder. Daß sie es alles, nicht weniger grausam als jene, später an ihre eigenen Kinder weitergeben, ist so natürlich wie Beißen und Sprechen. Aber was einen immer überraschen wird, ist die Unverletztheit, mit der sich Befehle aus der frühesten Kindheit erhalten haben: Sie sind zur Stelle, wenn die nächste Generation ihre Opfer vorschickt. An keinem Befehl ist ein Jota anders geworden; sie könnten vor einer Stunde erteilt worden sein, und doch ist es in Wirklichkeit zwanzig, dreißig oder noch mehr Jahre her. Die Kraft, mit der das Kind Befehle empfängt, die Zähigkeit und Treue, mit der es sie bewahrt, ist nicht ein individuelles Verdienst. Intelligenz oder besondere Begabung haben damit nichts zu schaffen. Jedes, auch das gewöhnlichste Kind, verliert und vergibt keinen der Befehle, mit denen es mißhandelt wurde.«

Fuhr ich nach Wolfenbüttel, um mich zu rächen? Für Lehrer, die in der ersten Stunde des neuen Schuljahrs grinsend vor die Klasse traten und fragten: »Wo sind die Sitzlinge? Sitzlinge heißen Sitzlinge, weil sie bei mir in der ersten Reihe sitzen. Hahaha!« Und dann mussten, unter dem Grienen und Feixen solcher Pädagogen, die im Vorjahr sitzen gebliebenen und neu in die Klasse gekommenen Schüler in die erste Reihe umziehen, vor den Augen aller anderen. Nur darum ging es: demütigen, klein machen, kaputt kriegen, das Mütchen kühlen. Ich habe das nicht selbst aushalten müssen, aber schon dabeizusitzen und zu erleben, wie jemand gebrochen werden sollte und brach, reicht für ein ganzes Leben. Das vergisst man nicht, und das verzeiht man nicht. Wozu auch?

Wir haben sie laufen lassen, alle. Wir schossen nicht und hätten das, außer in Gedanken, auch nie getan. Waren wir so großartige Humanismuskandidaten, randvoll mit all den guten Werten, über deren Verlust permanent gejammert wird? Keine Spur. Wir wussten aber: Das Leben ist, trotz solcher Quäler, doch viel zu verheißungsvoll, um es sich für immer zu versauen. So befreiend es gewesen wäre: Das war es nicht wert. Die Typen überleben und dann nichts wie weg – so ging es. Nicht alle Mitschüler haben das geschafft, einige blieben auf der Strecke, zur Strecke gebracht.

In Wolfenbüttel traf ich auf elf Erwachsene, darunter Herrn Kutzmutz, der für mich das Seminar leitete. Er machte den bösen Bullen, ich den guten. Sünden der Pädagogik wurden keine begangen. Ich rächte mich für nichts, nicht einmal an einem Kursteilnehmer, der mir so unsympathisch war wie ich ihm. Der Mann war ein pensionierter Lehrer.

Lautlaubsauger, musst dich wenden!

Pisa geteilt durch Erfurt ergibt: Wenn Jungdeutsche in der Schule keine Gedichte mehr auswendig lernen dürfen oder müssen, ziehen sie los und bringen andere um. Nachdem es mit der öffentlichen Halbmasterei dann auch mal gut und der Kondolenzflor wieder in den Schrank gehängt war, wurden Fragen laut: Wer ist das in Schuld? Die Unterhaltungsindustrie? Das Fernsehprogramm? Oder nicht doch der *FAZ*-Top-Lyriker Durs Grünbein, von dem niemand, der bei Sprache, Rhythmus, Melodie und Trost ist, jemals ein Gedicht auswendig lernen könnte, selbst wenn er wollte? Der Tausende junge Lernwillige lyrisch frustrierte und in Verzweiflung stieß? Nein, das wäre zu einfach. Grünbein, als Dichter ein Haufen Quiquaequod, gleich für einen ganzen Amoklauf verantwortlich zu machen, hieße schlechte Literatur überschätzen.

Wenn man einen über den Durs gelesen hat, schimmert sogar Ludwig Uhlands »Frühlingsglaube« von 1813 als Zugewinn auf, ein Lieblingsgedicht der Deutschen oder zumindest der deutschen Lyrik-Anthologen:

»Die linden Lüfte sind erwacht,
Sie säuseln und weben Tag und Nacht,
Sie schaffen an allen Enden.
O frischer Duft, o neuer Klang!
Nun, armes Herze, sei nicht bang!
Nun muß sich alles, alles wenden.

Die Welt wird schöner mit jedem Tag,
Man weiß nicht, was noch werden mag,
Das Blühen will nicht enden.

Es blüht das ferne, tiefste Tal:
Nun, armes Herz, vergiß der Qual!
Nun muß sich alles, alles wenden.«

Wer solche Gedichte auswendig lernt, »der schreit nicht ›Fuck!‹«, wie eine Figur von Gerhard Polt triumphierend brüllt, der läuft nicht Amok, der mordet nicht - sondern träumt lieber inniglich von Veränderung: »Nun muss sich alles, alles wenden.«

Das möchte auch Jürgen Trittin, der grüne Umweltminister, der seiner Partei weit voraus ist. Als erster hat er eingesehen, dass die Grünen auf dem Feld der großen Politik nichts zu bestellen haben, aber im Kleinen doch hübsch wirken können: Verkehrsberuhigung und Fahrradweg sind die historischen Aufgaben der Grünen. Die Belästigung durch LERM möchte Trittin dankenswerterweise ebenfalls einschränken: Eine neue - Klassewort - »Geräte- und Maschinenlärmschutzverordnung« soll das geplagte menschliche Ohr vor den röhrenden Geräteparks sogenannter Nachbarn oder Mitmenschen schützen, und der schurkische, Flora und Fauna vernichtende Laubsauger bzw. Laubbläser soll nicht mehr uneingeschränkt zum Einsatz kommen dürfen. Dieser Ausgeburt ordnungswahnhaften Zwangscharaktertums erteilt Trittin eine deutliche Absage: »Es muss nicht immer der Laubbläser sein, es darf wieder mehr geharkt werden.« Und weil Jürgen Trittin diesen wahren Satz - zumindest bisher - nicht gleich wieder zurückgenommen hat, sei er bedichtet als Frühlingsheros:

Der deutsche Gärtner ist erwacht,
Ölt, prokelt, wullackt Tag und Nacht,
Er kann nicht geräuschlos säen.
O armes Ohr, wie wird dir bang:
Der Landsmann, unter Ordnungszwang
will wieder lärmend Rasen mähen.

Und mähend rasen, den ganzen Tag,
Was keiner, der ein Ohr hat, mag,
Doch Herr Trittin, sehr weise,
Verbietet Lautlaubsaugerqual.
So Mensch, verlass dein Jammertal.
Trittin harkt – hör doch mal: ganz leise …

Dämon und Duce des Durstes

Anmerkungen zu »In Schlucken-zwei-Spechte« von Harry Rowohlt und Ralf Sotscheck

Bei Edition Tiamat erschien im Mai 2002 ein Buch, dessen Inhaltsverzeichnis mich als Autor eines Vorworts ausweist: »In Schlucken-zwei-Spechte. Harry Rowohlt erzählt Ralf Sotscheck sein Leben von der Wiege bis zur Biege«. Das Buch hat ein Vorwort von Ralf Sotscheck und braucht kein weiteres von mir. Alle Warnungen, die ich den Lesern mit auf den Weg geben möchte, sind an einem externen Platz besser aufgehoben.

Es war einer dieser berüchtigten »S-Days«, zu denen Ralf Sotscheck mit seiner harmlos klingenden Stimme geladen hatte. Schon Tage vorher hatte ich mich in Angst gewälzt wie ein Haddockfilet in Panade: Ohne einen Auftrag würde ich bei aller habituellen Arbeitsscheu wieder einmal nicht davonkommen. So geschah es: Ein paar Getränke, ein paar freundliche Worte, und Sotscheck, die Geißel der Geselligkeit, hatte mich schanghait, zum Vorwortschreiben. In der Folge erhielt ich Elektropöste dieser Art: »Schreib, dass Harry und ich im Juli 2001 sieben Tage und Nächte in Westirland waren und alles aufgenommen haben. Schreib aber auf gar keinen Fall, dass ich vor kurzem Silberhochzeit hatte. Silberhochzeit klingt so spießig! Erwähn doch lieber, dass Harry, Verleger Klaus Bittermann und ich alle drei Sternzeichen Widder mit Aszendent Schütze sind!« Denn Ralf Sotscheck liebt es, seine Mitmenschen zu vernatzen, ihnen Fallen zu stellen und sich bäuchleinreibend an ihren anschließenden Blamagen zu ergötzen. In Irland, wo er lebt, nennt man das Humor. Das Damenterrain der Astrologie & Esoterik aber, auf dem er mich öffentlich ausgleiten sehen wollte, muss er selbst beackern.

Falls er Zeit dazu findet. Ein so quecksilbriger, gewiefter Rhetoriker ist Sotscheck, dass niemals Mangel herrscht an glutäugigen Damen, die sich dringend in seinem Schoß zusammenringeln wollen – was er jedoch brüsk zurückweist, denn der Mann hat zu tun: Im Hauptberuf lebt der Dämon und Duce des Durstes als Diener seiner beiden erwachsenen Kinder in Dublin. Bisher ist sein pädagogisches Deeskalationskonzept voll aufgegangen: Die rüstigen Mittzwanziger haben versprochen, solange nicht Amok zu laufen, wie Sotscheck ihnen drei warme Mahlzeiten am Tag vor ihren Fernsehgeräten serviert. Einmal im Monat darf er sich von ihnen sogar seinen Wagen ausleihen.

Gegen den hobbithaften, defensiven Charmeur Sotscheck wirkt Harry Rowohlt grimmig bis zur arnoschmidthaften Menschenfeindlichkeit. Rowohlts einzige Geliebte ist die Sprache, und diese Radikalität trägt ihm die Verehrung leidenschaftlicher Menschen ein: In Havanna entriss mir im September 1996 ein junger Kubaner meinen Rucksack, der neben meinem Pass auch Frank McCourts von Harry Rowohlt übersetzten Roman »Die Asche meiner Mutter« und ein gesäßtaschentaugliches Langenscheidts Universal-Wörterbuch Spanisch-Deutsch / Deutsch-Spanisch enthielt. Voreilig verfluchte ich den Dieb, dankte ihm aber bald für eindringliche Erlebnisse in der nach Lysol riechenden deutschen Botschaft: Knotenwadige alte Männer in kurzen Hosen stolzierten neben ihren kubanischen Ausreisebräuten auf und ab, von denen einige sogar älter als 14 waren. Als ich Anstalten machte, mir das Warten auf neue Papiere mit einer Zigarette zu verkürzen, sprach mich ein kubanischer Hirte mit Superschwergewichtsboxerstatur in verblüffendem Honeckerdeutsch an: »Hier bird niii gerauucht!« Kurz vor dem Abflug zwei Tage später sah ich meinen Langfinger am Straßenrand sitzen, wie er sich durch das Diebesgut hindurchbuchstabierte. Im Davonlaufen rief er mir beinahe akzentfrei zu: »Harry Rowohlt isse keine Ssseisse-Blender wie Hansse Wollssläger, sondern eine große Übersetzer. Ausse eine mäßige Roman hatte Harry eine Klassebuche gemachte.«

Auch die Freuden der Wortschatzerweiterung verdanke ich Harry Rowohlt. Wie ich von Jörg Schröder lernte, dass man Analverkehr »Spinatstich« nennen kann, wenn man das denn möchte, so machte auch Harry Rowohlt mich zu einem verbal reiferen, besseren Menschen. Nachdem er, Bernd Rauschenbach und ich in Heidelberg siebeneinhalb Stunden lang Wenedikt Jerofejews »Die Reise nach Petuschki« vorgelesen hatten, war ich mit einer aufregenden Rothaarigen abgezogen. Anderntags hatten Rowohlt und ich wieder einen gemeinsamen Auftritt, als Teilnehmer an einer Benefiz-Lesung zugunsten des Hildesheimer Filmkünstlers Wenzel Storch. Um 20 Uhr im »Pavillon« in Hannover sollte es losgehen - meine Begleitung und ich nahmen einen späteren Zug als der disziplinierte Frühaufsteher respektive senile Bettflüchtling Harry Rowohlt. Der also zunächst ohne mich in die hannöversche Garderobe geschlürt kam; Gerhard Henschel, Organisator der Wenzel-Storch-Gala, wusste, dass wir am Vorabend gemeinsam gelesen hatten, und fragte etwas besorgt: »Und wann konmt Wiglaf?« Worauf Harry Rowohlt, so erzählte es mir Gerhard Henschel am selben Abend sicher fünfzehnmal, seinen Löwenschädel wie seinen Bärenbass erhob und, für jedermann sehr verständlich, brummte: »Wichlaf kommt später. Der hat sich festgefickt.«

Der Wahrheitsgehalt dieser Worte ist dabei ganz unwichtig. Allein die Formulierung zählt - und die ist von spezifisch harryrowohltscher Schönheit und Kraft. Auch das Mädchen mit den roten Haaren hat damals sehr gelacht.

Verteidigung der Kartoffel gegen Veronica Ferres

Äußerst schmackhaft ist die Kartoffel. Einst kam sie aus Übersee zu den Deutschen. Wacker verzehrten sie die neue Knolle, erwiesen sich aber als wenig dankbar: Bis heute wird die Kartoffel mannigfaltig massakriert und missbraucht, als Pfanni-Krokette, in Form von Tiefkühl-Pommes-frites, als uninspiriert wassermatschig zerkochte Salzkartoffel, als palettenweise in Zehnkiloeimer hineingepröterter Kartoffelsalat. Keines dieser Verbrechen wurde je gesühnt. Die Täter sind auf freiem Fuß. Und lachen, als hießen sie Feistus Raclettus oder Eduard Zimmermann.

Noch ärger sogar als ihre kulinarische Hinrichtung ist die Verhöhnung, die der Kartoffel durch die aufdringlichste und möchtegernigste ihrer Repräsentantinnen widerfährt, durch Veronica Ferres. Die Schauspielerin, in ihrem Beruf etwa so vielschichtig wie ihr Kollege Til Schweiger, wuchs als Tochter eines Solinger Kartoffelhändlers auf – und nimmt das pausenlos zum Anlass für peinlich tümelnde Anbiederung. Bei jeder sich bietenden Gelegenheit kartoffelt Veronica Ferres die Mikrophone zu: Am Marktstand ihres Bruders in Solingen, das erzählte sie zum x-ten Mal auch der nach debil mobil klingenden Bahnzeitschrift *DB mobil*, stehe sie »gerne und so oft ich kann.« In der PR-Welt der Veronica Ferres ist eben jede Woche Kartoffelernte, und den Markt besingt sie als einen »Kontrast zur Schnelllebigkeit der Supermärkte«. Ja, diese Supermärkte: unglaublich schnelllebig! »Live fast, die young!«, rief Lidl, der junge wilde Supermarkt, und stieg auf sein frisiertes Rebellenmofa. Und Penny ging zum Regenbogen, aaah...

Auch für Veronica Ferres gilt das Diktum von Karl Kraus: »Es genügt nicht nur, keine Gedanken zu haben. Man muss auch unfähig sein, sie auszudrücken.« Nicht wenige Penisverpömpler im Land aber mögen das und finden es top-erotisch, wenn Mutti eher simpel gestrickt ist – möglicherweise in der allerdings trügerischen Hoffnung, die eigenen Defizite fielen dann weniger auf. Schenkt man einschlägigen Bevölkerungsausfrageinstituten Glauben, dann möchten drei Viertel aller deutschen Männer liebend gerne Veronica Ferres beschlafen. Warum? Ist die Not wirklich so groß?

Man steckt nicht drin, auf jeden Pott passt ein Deckel, und auf Veronica Ferres eben eine ganze Deckelfabrik. Das wäre völlig gleichgültig, würden in diesem Ferres-Topf nicht auch unschuldige Kartoffeln mitgegart. Dabei könnte nach Veronica Ferres nur eine Kartoffelsorte benannt werden, die allerdings im Genlabor erst ausgeheckt werden müsste: die gleichsam fleischsalatig vor sich hin quasselnde Granata Germaniae.

Als Gratin oder Brei, als Pell-, Brat- oder Stampf-, als Béchamel- und Herzogin-, aß ich unzählige Kartoffeln, und alle waren sie weit subtiler, als Veronica Ferres es je sein könnte. In ihren eigenen Worten klingt das so: »Ich kann mit jedem Klischee leben.« Kann ist kühn gesagt, wenn man muss.

Die ganze Bandbreite von A bis B beherrschen und daraus Selbstbewusstsein schöpfen, das ist die Kunst des schlichten Lebens. Von deren Gegenteil, der Kunst des tief-einfachen Lebens, wusste der Dichter Joachim Ringelnatz sehr viel. In seiner Liebeserklärung an die Pellkartoffel, »Abschiedsworte an Pellka«, hymnete er:

»Jetzt schlägt deine schlimmste Stunde,
Du Ungleichrunde,
Du Ausgekochte, du Zeitgeschälte,
Du Vielgequälte,

Du Gipfel meines Entzückens.
Jetzt kommt der Moment des Zerdrückens
Mit der Gabel! – Sei stark!
Ich will auch Butter und Salz und Quark
Oder Kümmel, auch Leberwurst in dich stampfen.
Mußt nicht so ängstlich dampfen.
Ich möchte dich doch noch einmal erfreun.
Soll ich Schnittlauch über dich streun?
Oder ist dir nach Hering zumut?
Du bist ein so rührend junges Blut. –
Deshalb schmeckst du besonders gut.
Wenn das auch egoistisch klingt,
So tröste dich damit, du wundervolle
Pellka, daß du eine Edelknolle
Warst, und daß dich ein Kenner verschlingt.«

Kein PR- und Schischischreiber, und wäre die Bestechungsgage noch so hoch, könnte so etwas Fein-Wahres dichten über die zwar ihrerseits kartoffelige, vor allem aber – und das muss man sich einmal bildlich vorstellen –: die Kartoffel zum Transmissionsriemen ihres Populismus herunterwirtschaftende Frau Ferres.

Und ich, Freund der Kartoffel, täte das ohnehin nicht. Zu keiner Kartoffel würde ich je Veronica sagen – nicht einmal, wenn sie keimte.

Showdown in Rathenow

Das brandenburgisch-havelländische Städtchen Rathenow, eine Art architektonischer Auswurf, briet in der Julisonne vor sich hin. Gott hatte das Nest erschaffen, als er wieder einmal unter heftigem Verdruss über die Schöpfung litt und die Menschen dafür büßen lassen wollte. Das war lange her, aber die Strafe funktionierte immer noch; unabhängige Beobachter fragten sich allerdings zuweilen, ob sie angesichts der Bewohner Rathenows wirklich hart genug war.

Zu Zonenzeiten hatte Rathenow in Dissidentenkreisen heimlich Lutz-Stadt geheißen, benannt nach Lutz Rathenow, dem lyrisch wildesten DDR-Aufmischer noch vor Wolf Biermann und Sascha Anderson. Lutz Rathenow hatte als Dichter gegolten, doch nach 1989, als sein in gewaltigen Lutzmappen verstautes Œuvre frei zugänglich wurde und zügig unangenehm anschwoll, hatte sich dieser Eindruck rasch verflüchtigt.

Lutz taumelte downtown. Abends zuvor hatte er in Teetz im »Culturgasthof« sieben Zuhörer mit einer Lutzlesung gequält und wollte, von diesem Erfolg angestachelt, nun in Rathenow ein spontanes Lutzrevival ausrufen. Auf der staubigen Straße kam ihm ein älterer, volkslehrerhafter Mann entgegen. Lutz blieb stehen und quoll vor Wut aus seinem Hosenbund. Das war ja – Kant! Hermann Kant, der frühere Zonenhauptschriftsteller. Sein, Lutzens Feind! Lutz, der mit Hilfe des Goethe-Instituts auf dem Dichterticket ein bisschen in der Welt heruntergekommen war, bis der Schwindel sogar Germanisten auffiel, kratzte seine Englischvokabeln zusammen. »Hey Mister!«, rief er den verhassten Schriftsteller an. »Stop! No-go-area here for you!«

Hermann Kant hob den Kopf. Er war seinerseits auf dem Weg nach Teetz, um, ebenfalls im »Culturgasthof«, vor alten Fans noch einmal seine Hits auszupacken und das Haus zu rocken. Jetzt hing ihm plötzlich dieser Hefekloß am Hacken, nervte und wagte es, ihn anzubrüllen, in aller Öffentlichkeit: »Bloody Kant!«, schrie Lutz. Kant übersetzte in Nullkommanichts hin und her: Rathenow meinte das englische Cunt – auf deutsch das böse Wort mit F. Manche schreiben es allerdings mit V, obwohl es ja eigentlich nicht zur Schriftsprache gehört, sinnierte der Autor traurig, der mit seinem Roman »Die Aula« einigen Ruhm auf Weltniveau eingeheimst hatte. Nein, beschloss Kant, das muss ich mir nicht bieten lassen, nicht von Lutz Rathenow.

Kants Hand zuckte zum Gürtel, eine geschmeidige, tödliche Schlange. Der 45er Peacemaker schien aus dem Halfter geradezu in seine Rechte hineinzuspringen. Ziehen und Schießen war eins, und was Kant im Rohr hatte, waren keine Ballerplättchen. Die Luft war voll Blei; blaue Bohnen schlugen in Lutz ein und warfen ihn aufs Katzenkopfpflaster. Eine Mischung aus Blut, Pils und Friteusenöl entströmte dem Toten. Verängstigte Brandenburgerinnen und Brandenburger lugten hinter braungerauchten Gardinen hervor. Kant, die Waffe im Holster versenkend, schlenderte weiter, zum Bahnhof. Teetz wartete. Der Oldie but Goldie sah den Titel seines neuen Soloalbums schon vor sich: Literaturkritik is a warm gun.

Der Terror höret nimmer auf

Wild greift das Rabattmarkenunwesen um sich. Es hat etwas Kleinliches, nachkriegszeitenhaft Hamsterndes, wenn Marken in Hefte geklebt werden. Da triumphiert der kleine Sparer, die geizige Ader schwillt ihm an. Aaah, herrlich, schießt es dem Rabattmarkenkleber durchs schrappige Kleingeldhirn, wieder etwas zusammengefingert und -gespart! In jeder Wohngemeinschaft gibt es einen, der gerne die Lebensmittel- und Telefonrechnungen bis auf den letzten Pfennig ausrechnet. Während die anderen sich vergnügen, sitzt dieses Neutrum am Tisch und findet als Quittungsblockwart ganz zu sich selbst: Das ist sein Vergnügen, das einzige, zu dem es fähig ist.

Weise ältere Menschen wissen es: Wenn es Rabattmarken gibt, kommt bald wieder Krieg. Unbeirrt aber streicht die Schnäppchensorte Mensch durch die Straßen und spart sich ihre lippenleckende Befriedigung zusammen. In Weinläden werden Stempelhefte und in Flugzeugen Bonusmeilen gesammelt. Grund dafür ist weder Knappheit, Not und Armut, sondern allein das dringende Bedürfnis, einen guten Schnitt zu machen. Es sieht schäbig und stillos aus.

Ich saß im Flugzeug am Fenster. Eine Frau setzte sich auf den Gangplatz und legte Zeitschriften auf den freien Sitz zwischen uns. Ich kannte die Druckerzeugnisse nicht; eins hieß *Shape*, das andere *Wellfit*. Für so was werden also Bäume umgehackt, dachte ich, konnte aber meine Neugier dem gedruckten Wort, auch diesem offenkundigsten Schangel gegenüber, nicht zügeln und spinkste hinüber. Die Frau war Mitte dreißig, nicht groß und nicht klein, nicht hübsch und nicht hässlich. Erstaunlich gebannt starrte sie in ihre Illustrierte und blätterte. So unauffällig wie möglich versuchte ich mitzulesen. Es gelang. »Nena: ›Ich will einen straffen Po!‹« Der redaktionelle Kommentar zu diesem epochalen Satz lautete: »Endlich ein Star, der ehrlich zu sich selbst ist.« Mir fiel wieder ein, warum mir ostige Bürgerrechtler und westige Deutschrocker in den achtziger Jahren so identisch klebrig erschienen waren: Sie hatten unisono die Gratismünze der Ehrlichkeit auf den Markt geworfen.

Die Frau blätterte und blätterte, und ich las, behende den Hals verdrehend mit: »Mein Abnehm-Tagebuch«. Textblöckchen in Illustrierten gibt es nur, weil das Layout auf zumindest die Simulation von Inhalt noch nicht völlig verzichten kann. Der Terror der Grafik über den Geist ist vollzogen. Das Texthäppchen ist zwar kein Blindtext, könnte aber problemlos Blindtext sein, ein optisches Element, sonst nichts. Ich biss mich hinein in dieses Fast Food: »Wie Sie Ihren Typ finden und was Sie beim Emotionsmanagement noch dazulernen können«. Die Frau neben mir verschlang das Zeug, sie verglich sich und ihr Leben mit dem, was sie in sich hineinlas und wegblätterte. Sie sah immer unglücklicher aus dabei, sie kam richtig unter Druck, man konnte es sehen und fast räumlich spüren.

»Emotionsmanagement«: Gegen das, was solche Blätter anrichten, war der bewaffnete Protestantismus der RAF ein laues Lüftchen. Nein, *das* ist wirklicher Terror. Seine Pamphletisten sitzen in Redaktionskartons und stellen ihn so fabrikmäßig her, wie sie selbst hergestellt werden.

Kurz vor der Landung waren die Hefte ausgelesen, die Frau füllte noch schnell das »miles and more«-Bonusmeilen-Formular aus. In ihrem Gesicht stand: für alle Fälle, zur Sicherheit, man kann ja nie wissen. Und da war auch Glück in ihrem Gesicht, das Glück eines kleinen Nagetiers.

Fish'n'Chips gegen das Böse

Am Abend des 26. Mai 1999 fand in der Berliner Grimmstraße ein Champions-League-Endspiel zwischen Bayern München und Manchester United statt. Gastgeber waren Klaus Bittermann und ich. Schon Tage vorher hatten wir überlegt, was wir unsererseits zu einem günstigen Spielausgang, also zu einem Sieg der Manchesterer über die hochwiderwärtigen Münchner Bayern beitragen könnten. Klaus Bittermann ist ein klarer, intellektuell voll ausgebratener Charakter, der seine Samstagnachmittage in dezent schwarz-gelber Krawatte vor dem Fernsehapparat verbringt, um seinem Verein Borussia Dortmund Unterstützung zu geben; seine kleine Tochter zwängt er dabei in schwarz-gelbe Strampelanzüge und zwingt sie zum Anfeuern, seine Frau muss schwarz-gelbe Socken tragen und in schwarz-gelbe Tröten hineintröten, kurz: Der Mann gibt alles und lässt alles geben. So soll es ein.

Aber Borussia Dortmund spielte ja nicht – sondern ManU! Also auch nicht gerade die natural born loved ones – allerdings hatte bei ManU Eric Cantona gespielt, der Franzose mit dem Erpelgang, ein Fußballer, wie er sein soll, mit Auge, Herz und Persönlichkeit, der sich als Jesus in Öl malen ließ, einen Nazizuschauer in hocheleganten Flug an den Kopf trat, klaglos seine Strafe dafür zahlte und später in dem Film »Das Glück liegt in der Wiese« als Schauspieler reüssierte. Als kleinen Anstecker trage ich Cantonas Trikot noch immer ab und zu, gekauft in Manchester am 24. April 1997, als Borussia Dortmund im Stadion Old Trafford Einsnull gewann durch Rickens Tor in der zehnten Minute – und die Manchesteraner dennoch die angereisten Anhänger des BVB mit herzhaften und, das ist der Einfluss der Popmusik in Britannien!, tränenrührend melodischen Hoheliedern verabschiedeten.

An Manchester hatte ich nur die besten Erinnerungen. Wo Freundlichkeit und Liebe walten, ist der Gedanke an den eigenen Herd nicht fern. »Ich könnte für sie kochen«, schlug ich vor - und hatte es kaum gesagt, als mir schon etwas blümerant wurde. Wie sollte man eine englische Mannschaft ausgerechnet kulinarisch nach vorne bringen? Etwas Leckeres würden die Spieler nicht erkennen. Was Briten sich selbst als Nahrung vorsetzen, ist nur mit tiefem Selbsthass zu erklären. Wie kamen die Briten einst zu ihrem Kolonialreich? Das Essen zu Hause war lausig, mit knurrenden Mägen stachen sie in See, und wo immer sie landeten, war es besser als daheim. Sogar Insektenbrei in afghanischen Gebirgswüsten ist eine Köstlichkeit gegen die fiesen fleischlosen Nitrat-Nitrit-Würstel oder die Baked Beans, die sie kalt aus der Heinz-Dose herauslöffeln, um klarzumachen, dass ein englischer Tag schauderhaft beginnen muss, um angemessen schauderhaft enden zu können: mit einer Tasse Nescafé. Klammer auf: Für den im Sommer 2002 Harald Schmidt auch noch ganz dringend werben musste, weil McDonald's und Karstadt, denen er das vorher besorgte, ja noch nicht abgeschmackt genug waren. »Ich mache nur Werbung für Weltfirmen«, behauptete Schmidt doofdreist twinkel-twinkelig. Warum der aus dem schwäbischen Nürtingen stammende Geldscheffel Schmidt diesen Schrapp auch noch braucht, muss er ganz alleine wissen. Klammer zu.

Also gehörte, wenn Manchester gewinnen sollte, typisch englisches Essen auf den Tisch. Das war eine Hürde, eine Mutprobe, eine Würgeschwelle. Was sollte ich her- und hinrichten? Haggis? Tiefgefrorene quietschgrüne Erbsen, auf der Gabelrückseite zum Munde balanciert, wie Englands Etikette es verlangt? Das würde ich nicht über mich bringen - ich hatte Gäste, die nicht aus Britannien kamen, gute Passivköche, echte, wahre Esser. Ich durchgrabbelte mein zerdullertes Hirn nach einer Lösung. Sie fiel mich an, als ich mich daran erinnerte, wie ich mich in Großbritannien nachts und bezecht dann doch noch irgendwie ernährt hatte. »Fish'n'Chips geht immer«, entschied ich. So wurde es gemacht.

Bruder Finn hatte kurz zuvor eine Friteuse geschenkt bekommen und trug das wäscheschleudergroße Trumm herbei. Er hatte es frisch gereinigt, neues Fett war am Start, ich hatte beim Fischhöker Jau-Jau-Kabeljau, barschen Viktoriabarsch und Käpt'n Haddock'schen Seehecht besorgt, dazu feste kleine tiefgelbe Kartoffeln, keine fahle wässrige Matsche. Alles wurde in hand- und mundfertige Teile geschnitten und lag bereit, den Friteusentod zu sterben.

Die Gäste trafen ein. Frau Aldenhoven brachte einen Union Jack mit, den sie mit Wasserfarbe selbst gemalt hatte; er war sogar noch schöner geraten als der, den sie zum WM-Spiel England gegen Argentinien am 30. Juni 1998 hergestellt hatte, zu diesem traurigen Abend, an dem Dynamo-Steakhouse-Fußball triumphieren durfte über Schönheit, und an dem sie beim Stand von Zweizwei offerierte: »Na, ihr kleinen Hasen / Soll ich euch einen blasen? / Schnell und geschwind / damit England gewinnt?« Das ist Leidenschaft, das ist Feuer, das ist Liebe, das ist Fußball! Kurz: Das ist die Welt, für die ich kämpfe.

Frau Rönneburg, als Köchin so unübertroffen wie als Redakteurin, sah mir in der Küche dezent auf die Finger, aber bei Fish'n'Chips, das sah sie ein, wären ihre überqualifizierten Kräfte verschwendet. Bruder Finn schälte gesellig die Biokartoffeln, Herr Spohd, ein Fußballleidenschaftler und Anbeter der Kochkünste des großen Vincent Klink, brachte Ale und Cider mit, andere Gäste hatten Sherry oder Port im Schlepp.

Das Spiel wurde angepfiffen, die Mägen knurrten. Ich = Mutter lief in die Küche, frittierte und servierte, die Münder waren voll Essen und voll Lob, das ich nicht teilen konnte. So gut die Zutaten und so frisch Fett wie Friteuse gewesen waren – die Küche stank, sie stank noch tagelang. Die Friteuse ist das Böse, ihrem Niedergang hat all unser Ringen zu gelten. Tapfer jedoch frittfrattete ich jede Portion, servierte den Gästen den Füsch und die gut gesalzten Kartoffeln, englisch, also mit schwarzem Essig, sah das Einsnull der Bayern – und resignierte. So verschwand Ich = Mutter in der Küche, spülte, hörte gegen die abermalige Ungerechtigkeit der Fußballwelt Tex Perkins – bis Geschrei laut wurde: Einseins. Ich eilte hinzu: astrein! Einseins direkt vor Schluss – also Verlängerung. Ich hüpfte in die Küche zurück, um die Verlängerungsportionen zu präparieren. Abermaliges Geschrei brandete herüber, wieder flitzte ich zum Fernseher – die Sache war geritzt: ManU hatte gewonnen, und das Raubtiergebiss Oliver Kahns blieb ausnahmsweise und sehr zivilisationsfördernd geschlossen. (In der Rückschau scheint es glasklar: Ohne Oliver Kahns öffentlichen kranken Ehrgeiz wären die Amokschüsse von Erfurt nicht möglich gewesen.)

Manchester besiegte Bayern, das tat gut. Der Preis aber war hoch – fünf Tage hing Friteusendunst über mir, und mir wurde klar, wie der sprichwörtliche britische Humor Seite an Seite mit der sprichwörtlichen britischen Homosexualität entstand: Da wichst zusammen, was zusammen fritiert.

Mit Dino und Vino ins Glück

Aus dem Küchenkassettenrekorder singt Dean Martin, »Gentle on my mind«: »It's knowing that your door is always open and your path is free to walk, that makes me tend to leave my sleeping-bag rolled up and stashed behind your couch.« Das Stück ist ein niemals fehlgehendes Mittel gegen jeden Anfall von Verdrießlichkeit. Wenn man dieses lässige, entspannte, sonnige Säuseln mit dem Extratupfer Olivenöl auf dem Timbre hört, begreift man sofort, warum begnadete Musiker sich in Verehrung zusammenfanden, um unter dem Namen Friends of Dean Martinez den Ruhm dieses Mannes auch nach seinem Tod weiter leuchten zu lassen. Und man glaubt, was Dean Martins Frau nach seinem Tod über ihn sagte: »Es gibt niemanden, der so charmant nichts tun konnte wie Dino.« Das klingt höchst erstrebenswert, aber eben, und darauf kommt es an, ohne Streben.

So gut, dass ich wirklich gar nichts tun könnte, bin ich noch nicht. Da und dort piesakt und zwackt er, der Tuwas-Teufel. Es gibt aber Tätigkeiten, die immerhin nicht den Terror der Hyperaktivität verbreiten: Kochjacke anziehen, über den Markt gehen, alles begneisen und beschnuppern, anfassen, kosten, die schöne Idee, mit was exakt man die Gefährtin in Kampf und Mampf beglücken wollte, eventuell noch einmal variieren, und dann: Einkaufen, Kochen, Füttern, Tränken, Plaudern und was den Abend sonst mit Freuden füllt – das ist archaisch, dabei kommt man sich nah. Es ist die Basis für tieferes Glück.

Vorher geht es an den Wein. Erika Baierls Keller in Kreuzberg heißt »alles fließt« und bietet ökologische Weine, in die ich dereinst eingelegt werden möchte. Los geht es mit dem

Champagner von Fleury - sehr fein, keine Rülpsbrause, die landserhaft-prollig zu »Schampus!« degeneriert und bevorzugt von einem deutschen Rennfahrer geschüttelt und verspritzt wird, dessen Hirnabstinenz nur noch von der seiner Anhänger übertroffen wird.

Der Weiße zu den Gnocchi al pesto ist ein kräftiger 1998er Chardonnay aus dem Penedès, das eingelegte Blök-Tierchen mit ligurischen Rosmarinkartoffeln erfreut sich der Gesellschaft eines 1995er Gigondas, und der Frischkäse vom Ziegenhof Canadi gleitet mit einem 1999er Gewürztraminer aus der Pfalz geschmeidig in die letzte auffindbare Magenlücke.

Nach einem Espresso findet man noch Kraft zum Ausgehen in Berlins schönste Bar, das »Bellman«, benannt nach dem begnadeten Dichter, Sänger und Säufer Carl Michael Bellman: ein Platz, an dem es niemals schlechte Musik gibt und an dem Stil ein Zuhause gefunden hat. Was Andreas Schmidt und seine akkuraten Kräfte ausschenken, macht glücklich - wie der Brut nature Gran Riserva 1997 aus dem Penedès, der manchen guten Champagner ganz leicht aus dem Feld schlägt.

Nach himmlischem Schwelgen in Musik, Getränk und Sichverstehen kann man, Lippen, Zungen, Herzen und Seelen ineinander verschlungen, nach Hause laufend dem Himmelbett entgegenfliegen. Und dem Sänger, Schauspieler und Maximalcharmeur Dean Martin postum noch einen Vierzeiler dichten, sehnsüchtig hoffend, er möge einst auch das eigene Wirken beschreiben:

Lebenswunsch

Immer ein Glas, das richtig gut schmeckt
Dabei niemals blöde strunkelig sein.
Schön singen. Küssen! Dann wieder: Wein.
Und vom Leergut leben. Das wär perfekt.

Groß und cool und sexy

Lee Hazlewood auf Europatournee

Es beginnt um 20 Uhr 30 und endet um 22 Uhr, und während dieser 90 Minuten nimmt Lee Hazlewood die Baseballkappe und die Sonnenbrille nicht einmal ab. Nichts daran wirkt affig oder affektiert – der Mann ist jenseits aller Blenderei. Hazlewood ist 73, für 13 Tage ist er mit seinen fünf Begleitmusikern von den High Llamas auf Tournee in Europa, Berlin ist seine sechste Station. Abends zuvor war er in Hamburg, von wo Michael Bugmann berichtet: »Sehr schön, leider ein unwürdiger Ort (Fabrik) und zuviel Geschwatze von biertrinkenden Männern.«

Das ist am 14. September 2002 im Berliner Schillertheater anders: Alles sitzt gut und sieht gut, man ist vorfreudig gespannt und glücklich, dass der große alte Mann es auf sich nahm, noch einmal live anzutreten und das Glück wirklicher Unabhängigkeit und Coolness zu verströmen. Finanziell nötig hat er das nicht, dem öffentlichen Ruhm zog er immer vor, seine Ruhe zu haben, und doch ist er da. Er selbst sagt in einem Interview, er habe in dieser Sache einmal sein Wort gegeben, nun sei er eben dran.

Unprätentiös betritt die Band die Bühne und beginnt zu spielen, Lee Hazlewood singt, noch unsichtbar hinterm Vorhang. Dann kommt er vor, etwas stakselbeinig, und die Zeile »Be glad I never owned a gun« klingt von diesem Mann nicht angeberisch. Lee Hazlewood weiß um die Dinge, und er ist nicht leicht zu beeindrucken. Am Ende der bejubelten Songs sagt er mehrmals trocken »That's it«, und seine Ansprache ans Publikum ist ebenfalls angenehm lakonisch: »So this is Berlin – all right.«

Hazlewood setzt sich auf einen Barhocker am Bühnenrand, die Band ist ganz im Hintergrund. Ein paar seltsame Songs werde er singen, auch ein paar obszöne, erklärt er, »My autumn's done come« und »The girls in Paris« folgen. Hazlewood sitzt auf dem Hocker, seine Hände patt-patten lässig auf seine Oberschenkel, die große tiefe warme Stimme ist erstaunlich da und präsent. Ob er singt oder spricht, das Publikum ist im Bann der Stimme, und das liegt nicht nur am Timbre. Der Mann schreibt und produziert seit knapp 50 Jahren Songs, die unter die Knochenhaut gehen, und das tut er immer noch. Die Stücke von der neuen CD »For every solution there's a problem« stehen seinen alten Hits in nichts nach. Es ist wie mit Leonard Cohen und Johnny Cash auch: Das Alter macht Lee Hazlewood sogar noch besser. Er sucht nicht, er findet die richtigen Worte, auch für Stimmungen, die andere gerne verschweigen: »Like all God's promises are broken / like dying on Christmas Day before all gifts are open.«

»For my birthday«, das elfte und letzte Stück der neuen CD, hat von der Plattenfirma einen Sicherheitsabstand verordnet bekommen: Erst 60 Sekunden nach Track 10 ertönt der Wunsch nach einem »P.O.A.« und einem »B.J.«, also nach einem »pear or apple« und einem »blue Jaguar«, wie Hazlewood mit gespielter Unschuld in den Linar Notes zur CD schreibt. Die letzten Zeilen im Booklet lauten: »If those letters keep me out of heaven – then I don't want to spend eternity there anyway ...« Die Plattenfirma indes verstand, was mit »P.O.A« und »B.J.« gemeint war: a pair of apples und ein blow job. Gern hätte er dieses Lied für President Clinton gesungen, erzählt Hazlewood – bei dessen Nachfolger sei das zwecklos, dem müsse man eine schriftliche Instruktion mitliefern, damit er ahne, worum es gehe. Nichts daran ist anzüglich, schlüpfrig oder altherrengeil – hier verspottet ein lebensweiser Hedonist mit mildem Zynismus den Puritanismus, diese fiese Mischung aus privater Selbstverstümmelung und öffentlicher Heuchelei.

Als Hazlewood den Namen Nancy Sinatra erwähnt, hebt ein Gejohle an im Theater, auf das Hazlewood »So long, babe« folgen lässt. Dann spielt er es aber doch, das Lied, auf das viele gewartet haben: »These boots are made for walkin'«. Hazlewoods Ansage hat Größe: »Most people in the world think this is the only thing I've written« - aber er und auch dieses Publikum wüssten es zum Glück besser. Es folgt eine krachig scheppernde, vom Original erfreulich weit entfernte Version, und dann sagt Lee Hazlewood: »Thank you, Berlin.«

Als er zur Zugabe zurückkommt, macht er sich auch über dieses Ritual lustig: Er wisse ja, dass er wiederkomme, und das Publikum wisse, dass er das wisse, aber nun, so sei das eben. Es gibt eine wunderbar abgehangene Fassung von Jerry Lee Louis' »Whole lotta shakin' goin' on«, ein Stück, das laut Hazlewood eben kein Rock'n'Roll-Song sei, sondern ein »love poem«, und »Jerry Lee whatwashisname …« habe das ganz falsch gemacht. Dann spricht er »shake, baby, shake, shake those …, shake, we ain't fakin'«, es ist ein langsam reitender, wonniger Akt, und wieder ist nichts Altherrensexmiefiges an Hazlewood. Hier ist ein Mann, der zu leben wusste und weiß, und der in den USA deshalb notorisch als Troublemaker angefeindet wurde.

So beeindruckend ist Hazlewoods Auftritt, dass sogar die rucki-zucki-haften Stücke-Mitpatscher egal sind, die sich am Ende leider doch noch trauen und für die - weltweit - die Regel gilt: Mitklatscher sind wie Mitesser, nur dass man sie leider nicht ausdrücken kann. Lee Hazlewood winkt und geht, ein unabhängiger, freier Mann - und damit eine echte Ausnahme in der freien Welt.

Göbeln im Angesicht wessen?

Gültiges über Brandenburg

»Du bist durch den Osten gefahren, du sagst, es war teilweise schön, du bist durch den Osten gefahren, und du hast Störche gesehn«, singt Funny van Dannen. Alle, die den angeblich zwecklosen Versuch nicht aufgeben, Sehnsucht, Poesie, Lebensleichtigkeit, Schwermut, Liebe, Lästergelächter, Glückssuche und Wahrhaftigkeit, kurzum DAS LEBEN unter ihren einen Hut zu bringen, jubilieren. Denn Herr van Dannen singt so schmelzend schön wie wahr. Störche kucken im Osten geht wirklich gut – und gibt einem dennoch dieses Gefühl von: Ja, sicher, einerseits.

Das Dörfchen Molkenberg, 18 Kilometer von der brandenburgisch-havelländischen Kleinstadt Rathenow abliegend, ist im Sommer geradezu überbelegt mit Störchen. Gut zehn Storchpärchen mit je zwei bis drei Jungstörchen haben sich hier niedergelassen; sogar die Backsteinkirche bietet, was sie keinem Ausländer böte: ordentlich Asyl. Das rote Dach haben die Störche zum Dank fäkal eingeweißt und hocken ungeniert auf ihrem Horst. Horst – bei diesem Wort meldet sich flugs der Achtjährigenhumor: »Wohin fliegt ein schwuler Storch? – Zu seinem Horst.«

Die Begeisterung für Störche ist zweischneidig. Das große Geklappere ist kritikauslöschend anrührend, die flaumigstruppigen Kleinen sehen sowas von kindersüß aus, und ihre tapsig taumeligen Flugversuche sind schlicht hach … Aber, und das wollen wir nicht vergessen: Sie fressen unsere guten Freunde, die freundlichen Frösche! Störche sind die Franzosen des Tierreichs: finstere Froschfresser allesamt. Und deshalb darf man ihnen bei aller Bewegtheit stets getrost ein ernsthaftes »Froschmörder!« zurufen. Warum sollen nur Menschen ihre Ernährung umstellen?

Den humanoiden Bewohnern Brandenburgs wäre das so wumpe wie alles. Der Brandenburger ist, verglichen mit der Landschaft, in der er lebt, ein Haufen Wurstsalat. Angestachelt von seinem einzigen Talent und Wunsch, allen anderen das Leben zur Hölle machen zu können, nimmt der Brandenburger gern in Kauf, dass er sich selbst nichts Besseres bereitet. Das nennt man preußisch-protestantische Konsequenz.

Mannshoch umbrettert, umzäunt und ummauert der Brandenburger seine Wohnparzellen und nagelt ein schäferhundgebissgeschmücktes Schild an die panisch hochgerissene Zugbrücke: »Hier wache ich!«, »Vorsicht, gefährlicher Hund«, oder, ganz besonders abgefeimt: »ICH brauche fünf Sekunden zur Tür - und DU?« Was allerdings um so gagaistischer ist, weil die angeblich umherschlawienernden rumänischen Hütchenspielerbanden, vor denen der Brandenburger sich zwanghaft schützen muss, das ja nicht lesen können, nicht einmal, wenn es sie gäbe.

So sieht Brandenburg in großen Teilen aus wie ein Stasi-Essensrest. Aus der Abteilung Horch und Guck wurde die Abteilung Storch und Schluck respektive Gluck, oft im Aggregatzustand eines älteren, wurzel- bis würfelförmigen Mannes auftretend, der, gut versteckt hinter Mauer, Zaun und Hecke, in Unterwäsche den Rasen mäht.

Die Brandenburger Alleebäume, um die sich der Brandenburger Nachwuchs - vielleicht sogar in einer Ahnung seiner eigenen Trostlosigkeit? - jedes Wochenende in nicht unbeträchtlicher Zahl final herumwickelt, sind besonders scheußlich geschmückt: Neongrüne Plakate werben für eine »Männerverwöhn-Party - 1 Liter Mix 6 Euro - Oben ohne-Bedienung!« Adäquat lockt in Rathenow eine Brutzelhucke namens »Gitti's Verwöhn-Imbiß«. Ob Gitti ihr ganz persönlich gefälschtes Apostroph an einem Kettchen um den Hals trägt, vergoldet, von ihrem Verlobten gekauft für neunneunundneunzig, bei Tchibo? Wir wissen es nicht, und manchmal ist Nichtwissen Glück.

Von Rathenow kann man die Strecke nach Berlin abkürzen, über kleine Straßen durch das Havelländer Luch – eine Agrarlandschaft, grün und saftig wie die LPG Paul Popel. Um dem Achtjährigenhumor richtig Feuer zu geben, gibt es am Weg ein Dörfchen mit dem Namen Kotzen, wirklich und ungeflunkert Kotzen. Dass dort gehalten wird, ist Achtjährigenehrensache – hier und nur hier wird gepicknickt, on va faire le pique-nique, wie der Franzose sagt, denn ein Ausflug ohne Picknick ist kein Ausflug.

Einladend ist der verlassene Kirchhof. Zum Smaragdschlangengrün des Rasens gesellt sich das Leuchtendblau der weichwuschigen Picknickdecke. Alles scheint genauso federleicht, wie das Leben bitte sein soll; allein die gebutterten Sandwiches mit gebratenem kleinem Schwein, Rotweinschalotten und geknoblauchter Spezialremoulade scheinen auf einmal so schwer.

Und so kommt es, heißbrühig, ruckartig und unabwendbar zu einem akustischen Auswurf einiger dazu besonders geeigneter Männervornamen: Kurt, Ulf, Ralf (und für die verehrten Schweizer Leserinnen und Leser ein doppelt herzliches: Urs und Ueli) – und was und wen ich sonst noch intonierte auf dem Kirchhof, beim Wegbrechen dessen, was manche Ostdeutsche immer noch seltsam stolz ihre »Identität« nennen, die ja so weggebrochen ist seit 1989, ja, so schrecklich weggebrochen …

Des schweren Delikts der Gotteslästerung, das allerdings kann ich so aufrichtig beschwören wie einst Uwe Barschel schwur, machte ich mich dennoch nicht schuldig. Denn Gott war nicht anwesend beim Göbeln in Kotzen. Ich weiß es, ich habe nachgesehen, demütig kniend, unter jedem Gebüsch.

Steckrüben zu Winnetous

Ein deutsches Geheimnis wird gelüftet

Wieder einmal sitzen die Deutschen im Eigenbrei aus Kitsch und Jammern: Wie die »soziale Kälte« so kalt und die Kluft zwischen Ost und West so groß sei. Die Gründe dafür aber wollen sie nicht wissen. Hier sind sie, trotzdem:

In der alten Bundesrepublik kamen die Menschen ohne Eltern zur Welt. Sie wurden in Reagenzgläsern hergestellt, in vitro. Künftige Stadtbewohner wurden in Fabriken gefertigt, während ländliche Bevölkerung aus dem Boden gewonnen oder nach Hausschlachtungen zusammengeleimt wurde. Der Hesse beispielsweise erblickte das Licht der Welt in Form eines Presssacks.

Ich wurde in Westfalen geboren, als Steckrübe. Davon nichts ahnend wuchs ich auf, denn liebevolle Menschen nahmen sich meiner an und zogen mich groß. Erst als ich volljährig war, lüfteten sie das Geheimnis meiner Geburt: Ich kam vom Acker. Eine Welt brach für mich zusammen. Ich fühlte mich einsam und elend. Dem Unwissenden hatte nichts gefehlt, doch jetzt vermisste ich bitterlich, was zum Menschsein gehört: eine menschliche Herkunft.

Die Steckrübe, die ich war, funkte SOS. Das Universum blieb stumm. Ich stellte fest, dass es allen Bewohnern der Bundesrepublik nicht anders ging, dass die meisten von ihnen ihr Schicksal für ganz selbstverständlich hielten und meine Unruhe darüber überhaupt nicht teilten. Mir war das kein Trost, doch ich lernte, meine Sehnsucht nach außen hin zu verbergen: den Wunsch, ein wahrer Mensch zu werden.

Bis 1989 musste ich warten – dann änderte sich schlagartig alles. Die innerdeutsche Grenze öffnete sich. Erstmals traf ich auf Menschen, die auf natürlichem Wege zur Welt gekommen waren, geboren in Freiheit, von glücklichen Müttern an sonnigen FKK-Stränden. Anfangs war ich so neidisch, dass ich alle DDR-Bewohner verfluchte und verspottete: Weil ich nicht glücklich war, durften sie es auch nicht gewesen sein, niemals! Umgekehrt verhielt es sich ähnlich: Viele dieser natürlich geborenen Menschen waren neidisch auf die künstliche Existenz der Bundesdeutschen und empfanden ihre eigene Herkunft als Makel.

Lange durchwanderte ich die Landschaften, die ich selbst aus Verzweiflung als »Fünf Neue Tränensäcke« verhöhnt hatte. Die Menschen dort waren so anders – so naturbelassen, so edel, so winnetouhaft. Mein Verlangen, einer von ihnen und damit ein Mensch zu sein, steigerte sich ins Unermessliche. Eine junge Frau wies mir den Weg. In ihren Augen fand ich Liebe, in ihren Worten Wahrheit, in ihren langen, schlanken Armen Trost und zwischen ihren Schenkeln: Humanität und Sozialismus.

Plötzlich wusste ich, was zu tun war: Ostdeutsche Menschen, die sich nicht an den Westen verraten und verkauft hatten, würden künstlich hergestellte, aber gutwillige Westdeutsche wie mich adoptieren und so zum Licht des wahren Menschseins emporziehen! Der Plan reifte und wurde Gewissheit: Ich würde meine Steckrübenexistenz fortschleudern und das Wagnis Mensch beginnen!

Seitdem bereite ich mich auf den großen Tag vor. Ich stehe in einer Schlange an, nackt natürlich, übe Osten und die ersten Worte meines neuen Lebens: »Hallo, Mutter.«

Erinnerung an 1968

Im Spätsommer 1968 war ich gerade sieben Jahre alt. Ich ging in die zweite Klasse der Bürgerschule I in Bad Oeynhausen und wollte meine Lehrerin heiraten, Fräulein Jording. Sie war genau mein Typ: intelligent und sexy. Fräulein Jording hatte aber schon einen Verlobten, von dem sie manchmal glücklich erzählte. Das tat sehr weh. Doch fand ich Trost in den Armen von Elke Göhmann, einer gleichaltrigen benachbarten Bäckerstochter. Elke Göhmann gefiel mir auch sehr, obwohl sie mir mit sieben eigentlich viel zu jung war. Häufig knutschten wir ausgiebig im Heu. Als es beim Küssen einmal zu einer Art kindlich-unschuldigem Geschlechterverkehr kam, wurden wir von unseren beiden zwei Jahre älteren Brüdern überrascht, die nichts Besseres zu tun wussten, als im jeweiligen Elternhaus detailliert zu petzen. So wurden Elke Göhmann und ich roh getrennt – und schon in jungen Jahren wurde ich von den Wonnen genau der herrlichen weiblichen und überhaupt ganzheitlichen Sexualität hinfortgerissen, die doch das Hauptversprechen jener Jahre war: Unsere Nachbarin Frau Richartz, eine aufregende Blonde, hatte rot lackierte Fußnägel, die meine Phantasie noch jahrelang auf Trab hielten.

Auch mein erstes Großkulturerlebnis fällt in das Jahr 1968. Meine Mutter nahm meinen älteren Bruder und mich mit ins Lichtspielhaus. In Kino 2 lief Walt Disney's »Dschungelbuch«, in Kino 1 Sergio Corbuccis »Django – Der mit dem Sarg ist da«. »Django« war ein Italo-Western ab 18 und klar mein Film, »Dschungelbuch« war Zeichentrick und für Babys, pah! Ich machte ein bisschen Theater, meine Mutter sah sich das eine kurze Weile mit an und ließ keine Zweifel daran, was Sache war: »Dschungelbuch«, fertig. Vor Sirkan dem Tiger und der

Schlange Kaa hatte ich dann eine Heidenangst und war sehr froh, dass meine Mutter mit im Kino saß, zum Anklammern.

»Django« sah ich etwa 15 Jahre später, eine bescheuerte Maschinengewehrballerei mit Franco Nero, während Corbuccis zwei Jahre nach »Django« gedrehter 1968er Schneewestern »Il Grande Silenzio« (auf deutsch erstaunlicherweise: »Leichen pflastern seinen Weg«) mit dem eisgemeinen Klaus Kinski und dem stummschönen Jean-Louis Trintignant mich heftig mitnahm.

Was ist geblieben von den 68ern? Ein bisschen Restlibertinage und viel die Eigenschulter klopfende Legenderei. Fräulein Jording heiratete ihren Verlobten, meine Eltern zogen von Bad Oeynhausen nach Bielefeld-Altenhagen, ich musste mit. Meine schönlockige Mitschülerin Gisela, die für mich schwärmte wie ich für sie, deren Nachnamen ich aber nicht mehr weiß, gab aus Kummer über den Abschied ihrem neuen Goldhamster meinen Vornamen. Mein älterer Bruder, der eine Zeit lang noch Elke Göhmanns Bruder besuchte, teilte mir nach einem seiner Ausflüge nach Bad Oeynhausen hämisch mit, Giselas Hamster namens Wiglaf sei verreckt und begraben. Aber das war gewissermaßen schon Post-Achtundsechzig, auch wenn das 1970 keiner so gesagt hätte.

Politisch lässt sich die Geschichte der 68er in zwei Zeilen zusammenfassen:

Es war zu viel Mode dabei Achtundsechzich –
und das rächt sich.

Schuldschuhgröße tausend

So fiel ich unter die Frauen

Adoleszenz in den späten siebziger und frühen achtziger Jahren war heftig: Es gab so viel zu entdecken, aber fast alles war verboten. Seltsame Bücher bekam ich geschenkt, von strengen Frauen: Aus Svende Merians Groschenroman »Der Tod des Märchenprinzen« erfuhr ich, dass es ein Kapitalverbrechen sei, in eine Frau nicht verliebt zu sein, wenn sie das aber doch so gerne hätte. Märta Tikkanens »Wie vergewaltige ich einen Mann?« war Pflicht, und als besonders qualvoll erwies sich die Lektüre eines ebenfalls skandinavischen Lebenskrisesozialwurschtelwerkes. »Le und die Knotenmänner« von Herdis Møllehave war eine Anklageschrift in staatsanwaltlichem Tonfall: Eine Frau namens Le, selbstredend grundgut, scheitert an den Knotenmännern, die so heißen, weil sie eben verknotet sind, aber nicht wie Mister Long Dong Silver, der sich einen Knoten in sein Ding beziehungsweise Dong machen konnte, sondern, wer hätte es gedacht, seelisch verknotet, weshalb die arme Frau ihrem Leben ein Ende macht. Die allein wichtige Schuldfrage ist von vornherein geklärt: Schuld ist der Mann und sind die Männer, an allem und sowieso.

Ich lief mit Schuldschuhgröße tausend durch die Welt. Weiblichkeit, das wurde mir – allerdings nur theoretisch – beigebogen, war etwas Schönes und Zartes, auch Wildes. Großartig, vielschichtig und voller Tiefe war die herrliche weibliche Sexualität, die allerdings aus dem Munde mancher Protagonistin mehr nach Sexualitääteräää! klang. Ebenso felsenfest stand das abgrundtief Miese des männlichen Sexuals:

Verkümmert und gewalttätig war das Zeug, eine Strafe für jede Frau. Erektion war die heimtückische Vorbereitung von Penetration – und Penetration war Gewalt, von Haus aus, arschklar. Jeder Mann war ein potentieller Vergewaltiger, dem ein kläffendes »Wir kriegen euch alle!« als Schrift an die Wand gemalt war, ge-i-tüpfelt von der interessanten Forderung: »Sexisten raus!«

All dies gefiel mir nicht. An die Wunder der Weiblichkeit glaubte ich gerne; dass aber die Sensationen des Lebens geschlechtsspezifisch so einseitig verteilt sein sollten, wollte mir nicht in den Kopf. Ich ging auf Distanz. Frauen hinterherzulaufen war unwürdig – ich hatte genug Männer scheitern sehen bei ihren rührenden wie peinlichen Versuchen, Frauen gefallen zu wollen. Nicht einmal das Menschenrecht auf zügiges Einschlafen nach dem Geschlechterverkehr hatten sie sich erkämpfen können – sie waren unbegehrte, geduldete Knechte, deren Frauen noch schlecht über sie sprachen und von hartem, schnellem, schmutzigem Sex schwärmten, den sie allerdings nicht mit ihren Domestiken haben wollten, o nein. Falls aber die Domestiken einmal aufbegehren sollten, wurden sie mit dem anprangernden Timbre der Getretenen und Geschlagenen daran erinnert, dass sie Täter seien, Täter, jawohl – wobei die Tat nicht näher beschrieben werden musste; der vage Vorwurf allgemeiner Täterschaft war sich selbst vollkommen genug.

Es lag also auf der Hand: So wie Frauen (und Männer) beschaffen sind, darf man sie auf gar keinen Fall für voll nehmen. Im Gegenteil: Nur wer sich weigert, sie ernst zu nehmen, kann sie glücklich machen. (Und sich selbst auch, aber das tut hier nichts zur Sache.) Wann immer ich dieser Maxime gemäß handele, sind die Frauen so unglaublich freundlich zu mir, dass es manchmal schon unheimlich ist. Nur erzählen darf man das nie, sonst werden sie richtig bitterböse und alles ist aus. Das ist der gar nicht mal unfaire Preis für den Rückfall in die kindische Dummheit, unbedingt jemanden ernst nehmen zu wollen.

Die Ruhe vor dem Zweiten Sturm

Wer auf die vierzig zugeht, sollte sich wappnen. Es weht ein rauer Wind da draußen für uns Senioren. Knapp zwei Monate war ich mit den Herren Rainer Lipski, Michael Neher und Kai Struwe vom Essener Spardosenterzett in einem großen roten französischen Automobil unterwegs, auf Tournee. Viele tausend Kilometer wurden weggemotort – Herr Lipski und ich waren allerdings nur passiv dabei. Wir wurden transportiert, durchs Land gekarrt als Bagage.

Herr Neher und Herr Struwe nämlich sind beide unter 40 und darauf, wie bei Herren dieses Alters üblich, entsprechend eingebildet – weshalb sie sich auch stolz »Erster Sturm« nennen, also die Arbeit als Fahrwart und Beifahrwart an sich raken. Herr Lipski und ich haben die Grenze zur 40 überschritten und sind deshalb »Zweiter Sturm«. Erster Sturm, Zweiter Sturm: Man kennt das vom Eishockey. Doch während im Eishockey der Zweite Sturm durchaus zum Einsatz kommt, ist es in unserem Fall anders: Herr Lipski und ich sind für immer auf die Rückbank verbannt. Fahrer- und Beifahrerarbeit dürfen wir nicht leisten. Wir sind verurteilt, dazusitzen und auf den Tod zu warten.

Nun ist Herr Lipski auch wirklich schon sehr alt, 47 – manche sagen, er habe Noah noch persönlich gekannt. Wochenlang saß ich, ein junger Hirsch von 41, neben ihm, der mein Großvater sein könnte, und hörte seinen regelmäßigen Atemzügen zu. Ach, es sei diesem verdienten Gentleman gegönnt, die Tage zu verschlafen und vom Gnadenbrot zu träumen. So muss er wenigstens nicht die Demütigungen über sich ergehen lassen, denen man als über Vierzigjähriger ausgesetzt ist. »40 plus«, höhnt es aus dem Ersten Sturm Richtung Rückbank. »Geht's denn noch?« Mit gleichmütigem Schweigen pariert man die billige Provokation. Aber die Zumutungen reißen nicht ab: »Habt ihr schon eure Lifta-Treppenlifte bestellt?«, wollen Herr Neher und Herr Struwe wissen. Herr Lipski döst und hat wohl auch sein Hörgerät nicht eingeschaltet. Würdig lasse ich die Sticheleien an mir abperlen – und darf mir prompt die Frage gefallen lassen, ob ich das Gebiss nicht eingesetzt hätte und deshalb nicht spräche.

Also gut – ich tue ihnen den Gefallen, fasse mir mit der Linken ins Kreuz und ächze, als hätte ich keinen heilen Knochen mehr im Leib: »Aaahhrrr... aaahhh!« Und gleich noch einmal: »Aaaahhrrrr... aaahhh!« Die beiden Halbstarken auf der Vorderbank amüsieren sich prächtig und japsen sich schlapp. »Geriatrie-Fraktion«, johlen sie, auch das böse Wort von der »Prostata-Truppe« ist zu vernehmen. Ist hier eine Grenze überschritten? Müssten Herr Lipski und ich nicht eingreifen, auch im Namen einer humaneren, einer besseren Welt? Unschlüssig schaue ich zu Herrn Lipski herüber, doch der liebenswürdige Greis dämmert selig, als sei er längst in ein anderes Universum entschwebt.

So bleiben die Quälereien des Ersten Sturms unwidersprochen und ungesühnt. Lass sie doch, denke ich bei mir, diese jugendlichen Schnellspritzer – die werden auch noch ruhiger. Wie habe ich, als ich selbst noch ein halbes Kind war wie Herr Neher und Herr Struwe, diesen Satz gehasst: Du wirst auch noch ruhiger. Wenn ich aber Herrn Neher und Herrn Struwe vor mir sitzen sehe, dann gefällt er mir außerordentlich gut. Und ist auch allerbestens geeignet als Epitaph, als Grabsteininschrift: Der ist auch ruhiger geworden.

Auf dem Frauenplaneten

Ich hatte für ein größeres Abendessen eingekauft und stiefelte Richtung Heimat. Den fetten Rucksack auf der Schulter, taumelte ich in den Untergrund. Die Bahn kreischte heran, tunnelige Luft mit sich führend. Der Waggon verschluckte mich auf einen Happs, die Türen gingen zu, die Bahn ruckte an.

Ich sah sie sofort. Sie war eine dieser Schönheiten, die von innen zu leuchten scheinen. Sie war groß und schmal, ihre Arme waren lang und schlank, ihre glatten Schultern waren zart, und sie hatte zierliche Schlüsselbeine. Das ist das Schönste an wärmeren Jahreszeiten: Ohne aufdringlich zu sein, kann man die Beine schöner Frauen betrachten – und hin und wieder sieht man sogar ihre Schlüsselbeine! Ihre waren filigran, die reine Inspiration. Sie warf mit ihren Reizen nicht um sich – sie waren einfach da. Inmitten dieses öffentlichen Verkehrsmittels wirkte sie so selbstverständlich und privat, als säße sie zu Hause in ihrer Küche. Wie gerne wäre ich dort mit ihr gewesen, unter vier Augen, wie man so sagt. Ich kam ins Träumen, also ins Dichten: Die Augen leuchtend wie polierte Haselnüsse, der Mund ein Lächeln, fahrradlenkerbreit …

Bevor es wüster wurde mit mir, riss mich das Schlingern der U-Bahn in die Wirklichkeit zurück. Mein Musenwunder unterhielt sich mit einer anderen Frau. Die beiden saßen inniglich da wie in einem Lied von Funny van Dannen: »Freundinnen müsste man sein, dann könnte man über alles reden, über jeden geheimen Traum…« Ich schob mich etwas näher heran, stellte die Ohren scharf und hörte die Schöne sagen: »Er ist so wundervoll! Jeden Wunsch liest er mir von den Augen ab. Morgens bringt er mir das leckerste Frühstück, abends kocht er alles, was ich mir wünsche. Ach, er ist so süß! Er füttert mich mit köstlichen kleinen Sachen und küsst mir Champagner in den Mund – und er küsst soo gut!«

Ihre Freundin warf ihr Strahlen zurück und machte das affirmative Grundgeräusch, das Frauen so gut können, um die Dinge im Fluss zu halten. Meine schöne Schwärmerin schwärmte weiter: »Man kann wirklich alles machen und sagen, er ist so reizend und interessiert sich wirklich für mich, aber nicht auf so eine blöde Frauenversteherart, gar nicht, er hört zu und sagt dann was Kluges oder auch gar nichts, und man muss auch nicht einer Meinung sein, oder wir sind einfach nur albern und machen schönen Quatsch.«

Wieder nickte ihre Freundin ermunternd, und sie sprudelte weiter: »Und verreisen kann man so klasse mit ihm. Wenn etwas schief lief, war er gar nicht sauer, sondern hat mich aufgeheitert und zum Lachen gebracht. Und so schöne Plätze haben wir gefunden, und draußen waren wir und haben im Wasserfall gebadet und Picknick gemacht und auf der Decke gelegen, und er hat mir vorgelesen, ganz ernste Sachen und dann wieder ganz lustige, und man kann so schön zusammen kichern. Und dann haben wir am See geschlafen …« Sie seufzte und hachhachte und lächelte versonnen, nach innen.

Ihre Freundin betrachtete sie, aber nicht länger freundinnenhaft. Sie schaute ihr Gegenüber aus engen Augen an. Ihre anfängliche Begeisterung war umgeschlagen. Etwas in ihrem Blick ließ mich an das Lied »Don't advertise your man«, denken, das den weisen Rat enthält, gerade seiner besten Freundin gegenüber niemals den eigenen Mann anzupreisen. Ich weiß, Frauen sind nicht neidisch, ich habe das so gelernt in den achtziger Jahren. Und doch: Im Gesicht der Zuhörerin arbeitete etwas, das nicht wirklich nach Frauensolidarität aussah. Etwas Kleines, Boshaftes rann durch ihre Adern, als sie fragte: »Und, wo ist der Haken? Hat er 'nen

Buckel? Oder Frau und Kinder? Oder was für ein Spielchen läuft da?«

Die Schöne schien das Gift kaum zu registrieren, aber auch ihr Ausdruck war verändert. Gedankenversunken starrte sie vor sich hin, es arbeitete in ihr, man konnte es fast knacken hören in ihrem Kopf. »Ich hasse Abhängigkeit!«, stieß sie hervor. »Der Typ hat doch einen Plan. Der macht das mit Absicht, der will mich drankriegen, und wenn er mich richtig am Haken hat, zeigt er sein wahres Gesicht.« Ihre Augen sahen aus wie getöntes Panzerglas. »Ich werd dem verdammten Macho den Finger zeigen. Der soll bloß nicht glauben, dass er in meinem Leben eine dicke Rolle spielen kann!«

Nun war ihre Freundin des Nickens wieder mächtig, heftig jajate ihr Kopf auf und ab. Die Bahn hielt, die beiden Frauen stiegen aus, und ich hörte meine Muse ein Lied von Bela B. Felsenheimer singen: »Manchmal, aber nur manchmal, haben Frauen ein kleines bisschen Haue gern ...« Sie sang die Schlussverse, und ihre Freundin stimmte ein: »Immer, ja wirklich immer, haben Typen wie du was auf die Fresse verdient ...«

An der nächsten Station kletterte auch ich wieder an die Erdoberfläche. Ich schulterte meine Einkäufe und kam ordentlich ins Grübeln. War das viergängige Menü für die Süße heute abend wirklich eine gute Idee?

Das Scheitern der Senatorklasse an sich selbst

Noch gibt es ihn, den ICE-Speisewagen, und es wurde dort einmal eine Ananas-Chili-Suppe angeboten, die, obwohl die Bahn »Chilli« schrieb, sogar essbar war. Kaum jedoch bewegte sich die Bahn einmal punktuell in Richtung Erträglichkeit, wollte sie das unbedingt ändern und die ICE-Speisewagen verkleinern und langfristig ganz abkoppeln. Bahnkunden wissen längst, dass ihr Schicksal der Bahn grundegal ist. Trotzdem sage ich: Mir den Speisewagen nehmen heißt mich in temporäre Obdachlosigkeit stoßen. Ich lebe da nämlich.

Und kann dort wie nirgendwo sonst das Leben in seiner ganzen Pracht bekucken. Am Nebentisch nehmen zwei Frauen Platz, Arbeitskolleginnen offensichtlich, und ratschen über die Freuden und Ärgernisse des Tages. Eine der beiden ist auffallend hübsch, ihr Gesicht verspricht Klugheit und Humor, sie hat Sonne in der Stimme, und ihre Figur verheißt dem Mann ihrer Wahl jede Menge Wonnen.

Das nimmt offenbar auch ein berufsbeschlipster Mann so wahr, der allerdings gleich indezent am Tisch stehen bleibt und vollautomatisch das Angraben anfängt. Dabei macht er, mir zur Freude, alles falsch. Gern sehe ich, wie sich die Sorte Mensch, die sich als Senatorklasse spreizt, kräftig auf den Pinsel legt. Das kann der Mann im Speisewagen richtig gut. Ausladend stellt er sich auf, breitbeinig, und fährt die Armspannweite aus. Dass zwei Frauen am Tisch sitzen, ignoriert er geflissentlich. Er sieht und spricht ausschließlich die als Beute Auserkorene an; mit dieser groben Unhöflichkeit hat er sich die Karten gelegt und weiß es nicht. Wie heißt es so schön in Sergio Leones »Es war einmal in Amerika«: Sieger erkennt man am Start.

Ruhelos schwallt er auf das Objekt seiner Begierde ein: Schon auf der Hinfahrt nach Berlin am Morgen habe er sie gesehen, ob sie die Strecke öfter fahre, was sie denn tue, ah, Klinikum, Ärztin vielleicht?, Krankenschwester?, nein, im Controlling-Bereich, ach ja, ob sie vielleicht eine Visitenkarte …?

Dass er ihre Karte nicht bekommt, hält ihn überhaupt nicht davon ab, ihr seine aufzudrängen, und seinen Status gibt er ungebeten dazu: Manager bei der Firma WinGas ist er, und deshalb kann er sein Einbahnstraßengerede auch mit einer Depesche von allergrößter Nichtigkeit krönen: »Wir beziehen 20 % unseres Gases aus England und 80 % aus Russland.« Er scheint das für unwiderstehlich hochinteressant zu halten und missversteht die höflichen Antworten als Aufforderung zum Weiterquälen. Doch es fruchtet alles nichts, irgendwann muss er den Baggerplatz aufgeben – um allerdings zwei Minuten später aus der ersten Klasse zurückzukehren und mit einer Einladung zum Kaffee aufzuwarten. Auch die wird höflich, aber für jeden außer ihm schon äußerst deutlich abgelehnt.

Irgendwann aber hat sogar er es begriffen und macht sich, vergeblich um Restwürde ringend, vom Acker. Die beiden Frauen steigen ein Fahrtziel später aus, und eine Visitenkarte bleibt einsam auf ihrem Tisch.

Die habe jetzt ich, und wenn ich das nächste Mal Lust habe, mich ganz schrecklich aufzuführen und mich furchtbar danebenzubenehmen, oh ja, dann werde ich sie anschließend zurücklassen: die Visitenkarte von Dr. Frank Freitag, dem Erdgaseinkäufer, dem die Frauen vertrauen.

Auf der Baring-Barrikade

Wie die Deutschen mal wieder beinahe eine konservative Revolution gemacht hätten

Es hat etwas Zwanghaftes und ist doch auch irgendwie süß: Ausgerechnet im kalten, nassen Spätherbst, wenn andere langsam die Gänsebräter aus dem Schrank holen und sich behaglich am warmen Ofen schubbern, treibt es die Deutschen auf die Straße, zur Revolution. So fand auch 2002 das gewaltigste Ereignis des Jahres im klassisch revolutionären November statt. Gewaltiger Wind toste über Deutschland, jaulte und pfiff, zerrte an Fenstern und Türen und rüttelte – endlich! – die verpooften Landsleute wach. Revolution, ha! – und diesmal nicht ausgerufen von schwäbisch-türkischen Splittergrüpplern zum ersten Mai in Berlin, sondern von Leuten, die gemeinhin nichts so fürchten wie Umsturz und Revolte, und die deshalb alles darüber wissen: von Redakteuren der *Frankfurter Allgemeinen Zeitung*, der »Zeitung für Deutschland«. Sie riefen den »nationalen Notstand« aus, und sie waren nicht allein damit. *Bild*-Leser stellten eine alte *stern*-Kampagne nach, mit neuem Text: Aus dem gutmütigen Bekenntnis »Wir haben abgetrieben« war ein wütendes »Kanzler, uns reicht's!« geworden.

Als Führer der nationalen Erhebung bot sich ein alter Herr auf: Arnulf Baring, 70, hervorgetreten als Haus- und Hofhistoriker Willy Brandts wie Helmut Kohls, verlangte im Feuilleton der *FAZ* den »Aufstand gegen das erstarrte Parteiensystem« und feuerte seine Leser zu »passivem und aktivem Widerstand« an, zu »empörten Revolten«. *Bild* multiplizierte die Flammenwerferrhetorik und ernannte Baring zu »unserem bedeutendsten Historiker«. Den Titel des bedeutendsten *Bild*-Historikers muss sich Baring aber vorerst noch mit dem Hitler-Verlängerer und Führer-Dauerneuaufgießer Guido Knopp vom ZDF teilen.

Den dicken Worten, das war klar, mussten Barings Truppen Taten folgen lassen. Was würde geschehen? Eine neuerliche Novemberrevolution? Die *FAZ* forderte immerhin zum Sturm auf den Reichstag auf. Würde also ein Freikorps »Arnulf Baring« ausgehoben? Würden bayerische Milizen auf Berlin marschieren, im Gleichschritt mit einer Todesstrafeschwadron unter der Führung ihres Innenministers Günther Beckstein? Würde, im Gegenzug, die Grüne Claudia Roth einen ihrer schrecklichen Schals um sich schlingen und, diesmal in der Rolle der Indira Gandhi, abermals furchtbar lästig fallen und es als Einzige nicht merken? Würde Sahra Wagenknecht das Bein nachziehen und die Rosa Luxemburg geben? Der Spitzel Diether Dehm den Karl Liebknecht simulieren? Würde Bundesverteidigungsminister Peter Struck überlaufen, auf Gustav Noske machen und alles niederkartätschen, was nicht rechtsradikal und bei drei auf den Bäumen war?

So hochfahrend die Träume der konservativen Revoluzzer auch waren – außerhalb des Feuilletons ging es doch kleinteiliger zu. Die Entscheidung fiel am 30sten November. Ich war Augenzeuge, ich war dabei, als sie in der Luft lag, die große Sache, die so schwer zu machen ist – die deutsche Revolution:

Um elf Uhr vormittags lodern vor dem Springer-Hochhaus in der Berliner Kochstraße mehrere Blechtonnenfeuer. Etwa zwanzig Frauen und Männer errichten aus Bauholz und Straßenabsperrungen eine Barrikade. Ihr eher lustloses Engagement treibt einen jungengesichtigen Mann schier zur Weißglut. »Mit diesen Langzeitarbeitslosen und Sozialhilfeempfängern ist kein Staat zu machen«, mault Frank Schirrmacher. »Nicht mal ein Unrechtsstaat wie die DDR!«, hechelt er in sich hinein. Behende schnappt er sich eine Forke, rammt sie in diverse Hintern und treibt zur Arbeit, was er »Faulpack!« zu nennen nicht müde wird.

Doch so recht scheint sie nicht vorwärts zu kommen, die Revolution. Zwar schaut Eckhard Fuhr vom Feuilleton der *Welt* vorbei; der passionierte Jäger Fuhr hat den Karabiner geschultert und betrachtet verdrossen das Treiben der zwangsrekrutierten Arbeitskräfte. Aus den Weiten seines Lodenmantels zieht er einen Flachmann hervor und nimmt einen tiefen Schluck, gegen den aufkommenden Defätismus, den er, der gediente Mann, von Herzen verabscheut.

Peu à peu wird die Barrikade fertig. »Wegtreten!«, herrscht Schirrmacher die widerwilligen Arbeitsfrontler an, und weil ihm auch das viel zu langsam geht, hilft er mit den Zinken seiner Forke nach. Er schüttet etwas Benzin aus, zündet es an und stützt sich, endlich zufrieden, auf den Forkenstiel. »Professor, Sie können jetzt rauskommen!«, ruft er in Richtung eines Bauwagens.

Aus dieser improvisierten Garderobe lugt zügig ein weißhaariger Kopf hervor - dann erscheint Arnulf Baring in Gänze. Er hat eine Rotkreuzdecke wie eine Toga über den Grillrostleib geworfen und schreitet gen Barrikade. Winkende und frohlockende Menschen eilen ihm entgegen und stecken dem rüstigen Revolutionär Stullen und Thermoskannen zu. Es sind die zwangsverpflichteten Stutze-Empfänger, die von Schirrmacher jetzt in die Rolle von Jubelpersern gepresst beziehungsweise gepiekst werden. Baring grüßt nach Art des Papstes; geschmeichelt erklimmt er die Barrikade und wiederholt noch einmal die Topoi seiner Botschaft: »Schurkenstaat ... Servicehölle ... Steuerschraube ... Scharmützel ... Aufstand der Anständigen ...!« Baring unterbricht sich. »Nein, das letzte gildet nicht«, sagt er. »Streichen Sie das.« Die Jubelperser, die jetzt Reporter spielen müssen, zücken Kulis und Notizblöcke und streichen. »Meine Damen und Herren, liebe Neger«, ruft Baring emphatisch. »Es ist mir eine besondere Freude, dass ich heute zu Ihnen hier in ...«, er hält erneut inne, »in ... in ... äh ... Helmstedt spreche.«

»Los, Beifall!«, zischt Schirrmacher und läßt abermals die Forke sprechen. Die Zwangsverpflichteten werfen ihre Schreibwaren weg und applaudieren. Ein Sportwagen fährt vor und hält mit quietschenden Reifen. Dieter Bohlen, Paladin der *Bild*, hat es doch noch geschafft. Dr. Katja Kessler ist bei ihm. Das literarische Duett hievt sich die Barrikade hoch. Baring grüßt majestätisch; Eckhard Fuhr gibt aus seiner Flinte drei Salutschüsse in die Luft ab. Oder Salatschüsseln? Er weiß es aus Verzweiflung selbst nicht mehr.

Frank Schirrmacher hält es nicht länger – er stürmt zu seinen Kameraden. Die vier auf der Barrikade sehen so zwangsgekoppelt aus wie ein Wahlkampfführungsteam der Grünen, nur besser angezogen – mit Ausnahme von Arnulf Baring, der in seiner Toga und seinen Sandalen einen latent albernen Eindruck hinterläßt. Dieter Bohlen hebt die Stimme und beginnt zu singen. »Aufstand, leistet Widerstand, Schröder an die Wand, für das Vaterland, Brillanten an der Hand, Superstar, jaaah...!«

Kessler und Schirrmacher stimmen ein. Baring frieren die Tränen und das weißliche Mundwinkelsmegma fest, er kann nicht mitsingen. Eckard Fuhr zieht die Klappen seiner Jagdmütze über die Ohren und nimmt Reißaus. Die Dienstverpflichteten zünden Dieter Bohlens Auto an und tanzen nackicht ums Feuer. Frank Schirrmacher, der diese Katastrophe ohnmächtig mit ansehen muss, weiß, was sich für einen Feldherrn gehört und stürzt sich pathetisch in seine Forke, trägt als geschulte Als-ob-Existenz aber selbstverständlich eine forkensichere Weste. Jaulend hält er sich den Bauch und markiert den Harakiritod. Katja Kessler knipst den Heroenposeur mit ihrer kleinen silbernen Digitalkamera und entwirft im Geiste ihre *Bild*-Kolumne: »So stirbt ein wahrer Römer ...«

Bohlen versucht, sein brennendes Auto zu löschen, wird jedoch von den ekstatisch tanzenden Zwangsarbeitern kompetent vermöbelt. Arnulf Baring steht allein auf der Barrikade und träumt von Deutschland. Erst der verschollen geglaubte Heinrich Lummer, der mit einer Hundertschaft Skinheads in Eilmärschen aus Zehlendorf zum Zentrum der Revolution gelangt ist, vermag Baring zu wecken. Lummer, der ehemalige Berliner Innensenator, nimmt Napoleonhaltung an. »Verhaften!«, befiehlt er. »Und dann« - er zieht die rechte Hand vielsagend waagerecht unterm Kinn durch - »Methode Rattay. Ihr wisst schon.«

Ein Skinheadführer salutiert. »Ist klar. Mit dem Bus überfahren. Wie es die Kameraden vor zwanzig Jahren mit dieser Zecke Klaus Jürgen Rattay gemacht haben.« Lummer nickt. Plötzlich ist die Luft voll Blaulicht und Tatütata. Eckhard Fuhr hat statt des LKA versehentlich das LKH alarmiert; die Männer in den weißen Jacken sammeln die Reste ein. »Aber ich bin die Gattin des *Bild*-Chefredakteurs!«, echauffiert sich Katja Kessler. »Klar. Und ich bin die Kaiserin von China!«, kontert der massige Krankenpfleger und packt die Klatschkolumnistin beim Schlafittchen.

Die Sozialhilfeempfänger filzen den sich tot stellenden Schirrmacher; in den Taschen des angeblich Selbstgeforkten finden sie eine gefälschte Habilitationsschrift, das Modell eines neuen Supergenoms und den Masterplan zur Erringung der Weltherrschaft. Sie lassen das nutzlose Zeug liegen, fleddern dem *FAZ*-Herausgeber die Armbanduhr und die Schuhe weg und verschwinden. Es ist 16 Uhr 15. Dunkelheit und Kälte senken sich über Berlin, über Deutschland. Vorbei, verweht, nie wieder... Die Revolution ist gescheitert, der Traum ist aus.

Anschließend trafen sich alle Beteiligten zum gemütlichen Beisammensein im unweit gelegenen Café Stresemann.

Proletentoaster, Trüffelhobel

Ein etwas eingecremt glänzender und teuer gekleideter Mann Mitte vierzig betrat das Restaurant. Er hätte klasse aussehen können, aber da war diese halbseidene Ausstrahlung eines Schlawiners, der sich zum Gelderwerb nicht zwischen Samen- und Sonnenbank entscheiden konnte. Jedenfalls lag er sichtlich oft und lange unter dem Proletentoaster. Als ich seine kross gebrutzelte Gesichtshaut sah, dachte ich unwillkürlich an das Sprichwort: Aus anderer Leute Leder ist gut Riemen schneiden.

Seine Begleiterin war etwa halb so alt wie er und nahm garantiert nicht an seinen Bratapfelstunden teil. Sie war mittelblond und hoch gewachsen, in ihrem Gesicht gaben sich süße Unschuld und beginnende Schnalligkeit ein Stelldichein. Sie trug einen zwei Hand breiten Rock und weiße Strümpfe: die Krankenschwesternnummer, ein deutscher Klassiker wie Goethe, Marx und der Engel von Stalingrad. Sie schien keine Angestellte des Ledernen zu sein; ich tippte eher auf seinen von anderen angestellten Damen finanzierten Mädchentraum. Schnatzig eierstöckelte sie durchs Lokal und wurde gemeinsam mit Lederlappen an den Tisch neben meinem gesetzt. Einige gediegen aussehende Gäste runzelten skeptisch die Brauen, ich aber frohlockte: Menschen aus der Milieubranche hatte ich bisher noch nicht auf Hörweite kennenlernen können.

Als die beiden Pasta mit weißen Trüffeln bekamen, war mein Ohr schon ganz Nebentisch. Der Küchenchef war kein Betrüger und kein kniepiger Geizkragen. Er vertickte keine gezinkte Ware, und er gönnte seinen Gästen mehr als bloß Trüffeldekor. Dennoch: Es lagen eindeutig mehr Nudeln als

Trüffelspäne auf dem Teller, und das gefiel Señor Solariums Begleitung gar nicht. Sie monierte lauthals das vermeintliche Missverhältnis der Speisen. Der Ledermann winkte dem Kellner und orderte Trüffel nach.

Der Kellner flinkte an den Tisch zurück. Er hatte einen Trüffel und einen Trüffelhobel dabei - und, zu meinem Erstaunen, auch eine Briefwaage. Er legte den großen Tuber auf die Waage, bevor er zu hobeln begann. Wuchtiger, robuster Duft verbreitete sich - Trüffel verströmen Eberdunst und riechen, wie George W. Bush sich die Achsel des Bösen vorstellt. Ab und an setzte der Kellner den Trüffel vom Hobel ab und sah den Ledermann an, der wiederum zu Stöckelchen herübersah, die erst zufriedengestellt war, als die Trüffelmenge von ihrem Teller zu rutschen begann. Wieder wurde der Tuber gewogen - die Abriebdifferenz würde der Gegerbte später extra zahlen. Ich hörte, wie die Getrüffelte ihn mit kaum beherrschter Verärgerung anfuhr: »Was schenkst du mir auch einen Masarati? Ich will keinen Masarati. Ich will einen Porsche.«

Sollte Nappaface bedient gewesen sein, ließ er es sich nicht anmerken. Abermals winkte er dem Kellner und sagte, gleich nach dem ersten Gang, leicht maliziös: »Die Rechnung, bitte. Meiner Frau ist schlecht geworden.«

Sie trollten sich, ich blieb getröstet zurück: Es gibt sie, ich habe sie gesehen, die Gerechtigkeit zwischen Mann und Frau.

Dem Buddhismus von der Schüppe gesprungen

Das Rätsel der geräuberten Gummibärchen

Zauberhafte Ideen sind Brief und Briefgeheimnis. Allein: Was bleibt von ihnen übrig in der wirklichen Wirklichkeit? Wie oft wird man zum Objekt seelischer Misshandlung durch blau-gelbe Wetterjackenträger: Auf ein avisiertes liebes Päckchen wartend, wird man gewahr, wie leise schleichende Schritte sich der Wohnungstüre nähern. Klapp!, macht es am Briefschlitz: Ein oranges Kärtchen segelt in den Flur und teilt einem mit, dass man auch tags zuvor nicht angetroffen wurde und sich sein Päckchen deshalb selbst bei der Post abholen muss, allerdings: »heute jedoch nicht!« Ehe man noch die Tür aufgerissen und die Verneinung eines Postboten gestellt hat, hört man flinke Füße das Treppenhaus hinabwetzen, eilig, angstgepeitscht, panisch.

Der Postkunde bleibt zurück. Was soll er tun? Seinen Humor motivieren? Maßnahmen ergreifen? Sich auf die Lauer legen? Mausefallen aufstellen? Nein, das wäre kein Leben. So scheint nichts zu bleiben als buddhistisch eingefärbter Selbstbetrug: Sieh es als Übung an, gleichmütig zu werden!, jengelt man sich voll und stülpt sich in Gedanken eine Mönchskutte über. Bleibe distanziert. Du hast auf ein Päckchen gewartet und wirst es erst morgen bekommen? Na und? Nichts ist wichtig, nichts hat Bedeutung... Solches Zeug singsangt man sich ins Eigenohr, als sei man ein Tantriker und brummele sich ölige Lehren ins Resthirn: Auch beim Hecheln immer lächeln ... Furchtbar.

Nein, so geht es nicht. Man kann sich doch nicht von Postboten in religiöse Bematschtheit hineinzwingen lassen! Also nimmt man den Felsbrocken und rollt ihn wieder bergan, als Camus-geprägter Sisyphus, der weiß, wie zwecklos es ist, und der dennoch nicht müde wird, zum Postamt zu laufen, Briefmarken zu kaufen und Pöste zu verschicken, deren Schicksal ungewiss ist, liegt es doch in den Händen gefühlloser Apparatschiks.

Der Chef und Spiritus Rector aller Zustellungsverbrecher hat sein Hauptquartier im Prenzlauer Berg aufgeschlagen – wer aber »Prenzelberg« sagt, kommt in die Berliner Mundart-Hölle. Über Wochen schickte ich von überall aus dem Land Briefe an eine Adresse in diesem Bezirk – Briefe, denen kleine Gummibärchentüten beilagen, die ich in Hotelzimmern als so genanntes Betthupferl auf dem Kopfkissen fand. Briefen an die Süße legte ich Süßes bei – doch der Zusteller räuberte sie alle: Er öffnete die Briefe, ergriff die Gummibärchentüte, schnitt sie auf, nahm die Gummibärchen heraus, legte die leere Tüte in den Brief zurück – und stellte den so geschändeten Brief dann zu.

Anfangs dachte ich an einen übereifrigen Drogen- oder Milzbrandparanoiker. Ich legte den Gummibärchenbriefen kleine Notizen an den räuberischen Zusteller bei und forderte ihn auf, die langen Finger bei sich zu behalten – umsonst: Brief und Notiz wurden zugestellt, samt leerer Gummibärchentüte. Ich gab nicht auf. Fast täglich schickte ich einen Gummibärchenbrief, und ausnahmslos immer wurde er geschändet. Der Ton meiner Notizzettel war mal flehentlich, mal schneidend, mal belustigt, aber was ich dem Dieb auch schrieb, es änderte gar nichts. »Hallo Dieb!«, schrieb ich zum Beispiel. »Die Gummibärchen sind für meine Süße, nicht für einen anonymen Mundräuber! Deshalb: die unegalen Finger weglassen und die Gummibärchen nicht behelligen.« Das Ergebnis? Eine leere Tüte im Briefumschlag.

Ich versuchte es mit kleinen Schokotäfelchen - zugestellt wurde ein Brief mit leergefressenen Schokoladenpapierchen. Dann trat eine Wende ein. Ich griff in die Kiste mit Gebrauchtparolen und schrieb: »Subversive Aktion Gummibärchen läuft - No pasaran!« Die Tüte wurde zwar geplündert - doch ein Gummibärchen wurde zugestellt. Immerhin! Ein Anfang schien gemacht.

Ich goss das zarte Pflänzchen zustellerischer Einsicht und formulierte: »Achtung, Gummibärchendieb - Empfängerin hat Geburtstag! Wird der schändliche Klauer also ein Einsehen haben?« Er hatte - allerdings nur eingeschränkt: Das wiederum aufgeschnittene Tütchen im wiederum zugestellten Brief enthielt noch drei Gummibärchen.

Weitere Besserung aber konnte nicht erzielt werden. Seither wurden alle Gummibärchentütchen komplett ausgeräubert. Ich sann auf Rache und schmiedete finstere Pläne: mit Rizinusöl würde ich die Gummibärchen bestreichen, sie in die Tütchen nachfüllen, und dann ... njarrr! Ich sah den Schurken auf dem Schacht hängend sich die nicht vorhandene Seele aus dem Leibe ...

So tagträumte ich, bis ich es einfach sein ließ und die Süßigkeiten aller Art persönlich zustellte. Und das war ja wohl auch der Plan des Zustellungsschurken, oder?

Von der Liebe bis zum Partnerlook

Aki Kaurismäkis Film »Der Mann ohne Vergangenheit« hat alles, was man zum Leben braucht: Liebe, Stolz, Trauer, Musik, Poesie, Humor – und den Stil, damit nicht hausieren zu gehen. Mit der sogenannten Realität hat dieses unaufdringliche Kunststück scheinbar wenig zu tun, mit Lebenswahrheit um so mehr.

Die Landung in der Wirklichkeit war hart. Vor mir ging ein Pärchen, er ein hübscher, weichgesichtiger Schlaks von Mitte zwanzig, sie im selben Alter, klein, energisch und eindeutig der Boss, wie eine ältere Schwester. Der Junge hatte vom Kinokucken noch Traum in den Augen und fragte das Mädchen, wie ihr der Film gefallen habe. Sie zerrte an den Klettverschlüssen ihrer Jacke, schwang sich einen Rucksack aufs Kreuz und sagte: »Pfffh. Das muss man ja wohl nicht so ernst nehmen.«

Renn, Junge, renn, dachte ich, renn sofort, du hast den Quell des Unglücks berührt, einen Ort künftiger Qualen, du hast auf dem Dampfer des Bösen angeheuert, flieh, solange du noch kannst. Doch er lief nicht, sondern schlurfte mit. Ein Arzt würde sagen: Er hatte Beziehung.

Liebe ist Inspiration, Beziehung ihrer beider Tod. Häufig sieht man junge Männer auf der Suche nach Liebe das Land durchstreifen. Vor lauter Dummheit und Defiziten stellen sie sich die Liebe als eine mütterliche Frau vor. Hektisch durchfleddern ihre Augen das Angebot. Das gierige Gaffen sieht nicht schön aus, und oft werden sie hart dafür bestraft: Sie werden fündig und bekommen ein Muttstück, eine Frau mit Sinn für das Praktische. Irgendwann werden sie Mutti zu ihr sagen, sie sagt Vati oder Väti und lächelt.

Die Hölle ist etwas Irdisches. Angehörige früherer Männergenerationen traten zu Hunderttausenden den Fluchtweg in den Bastelkeller an, wo sie bei Branntwein und Handkreissäge davon träumten, ihre durch Heirat besiegelte Selbstverstümmelung endlich sichtbar zu machen. Die entsprechenden Selbstverletzungen tarnten sie als Arbeitsunfälle, Mutti klebte dann ein Pflaster drauf, pustete und machte kutschi-kutschi, mahnte mit kernseifener Stimme, beim nächsten Mal doch bitte besser aufzupassen, und dann war, wie man so sagt, alles wieder gut.

Was ist der Unterschied zwischen einer guten und einer schlechten Ehe? In einer schlechten Ehe wird nur einer der Beteiligten vernichtet, in einer guten Ehe gelingt die wechselseitige Auslöschung. Das nennt man Fairness und Partnerschaft.

Eine ausgeklügelte Form dieses Sadomasochismus ist das vielgepriesene gemeinsame Hobby. Wer einmal auszog, um Liebe zu finden, geht nun im Zweierpack an der Nordsee oder der Ostsee spazieren, Väti und Mutti gut eingepackt in Gummistiefeln und in praktischer Wetterjacke. Schön ist auch ein Fahrradausflug. Die Räder kann man auf dem Dachgepäckträger mitbringen, das ist auch praktisch. Wenn alles gestorben ist, greift das Pärchen zum Partnerlook; in Fällen besonderer Grausamkeit wird im Partnerlook ein Tandem bestiegen. Das Muttivätiteam strampelt weiter, auch wenn der Leichenbeschauer längst dran war.

Die Stunde der Siegertränen

Nachdem im Januar 1986 die bemannte Raumfähre »Challenger« kurz nach dem Start explodiert war, fragte Arnulf Rating von den »Drei Tornados« das Publikum: »Warum werden in Weltraumraketen keine Sitzplätze mehr eingebaut?« Er blieb die Antwort nicht schuldig: »Die zwei Minuten kann man auch stehen.«

Die Zuhörer vereisten – und verharrten in Ratlosigkeit. Sie liebten die anarchischen Späße der »Drei Tornados«, ihre wüstverspielten Attacken auf den herrschenden Geschmack – aber das? Ging das nicht zu weit? Durften die das? Und vor allem: Durfte man selber darüber lachen? War da nicht eine Grenze überschritten? Aber hatte man nicht andererseits selber stets nach Grenzüberschreitung gerufen? O hümmsendrümmsen, was tun? Hmmh – erst mal die Lage peilen, erst mal zum Nachbarn rüberkucken, jetzt bloß nichts falsch machen. Der Saal blieb stumm, der Common Sense war gerettet auf Kosten einer Pointe, die als geschmacklos geächtet wurde, weil sie ihrem Publikum haushoch überlegen war.

17 Jahre später fallen erneut Wrackteile einer verunglückten US-Raumfähre vom Himmel. Eine so günstige Gelegenheit, die Erde zu einem runden Trauerkloß zu formen, kann nicht ausgelassen werden, und so gibt es ein paar frisch gebackene Helden mehr auf der Agenda. Zu zeigen, dass einem Menschenleben nicht egal sind, wäre eine Sache, pathetisches Tremolieren ist eine andere. Hier erinnern die amerikanischen Trauerprofis unangenehm an ihre deutschen Kollegen: Sie hinterlassen stets den Eindruck, es gehe nicht um Menschenleben an sich, sondern immer ausschließlich um die eigenen, um nationale Menschenleben. Während die

Insassen dessen, was in der deutschen und der amerikanischen Binnenwahrnehmung beiderseits bloß als Rest der Welt vorkommt, nicht einmal den Marktwert haben, den man dem sprichwörtlichen Sack Reis in China zuerkennt, wird der Arbeitsunfall einiger NASA-Angestellter in den Rang eines Weltvolkstrauer- und Heldengedenktags erhoben. Das martialische, staatlich verhängte und medial verstärkte Kondolenzgedröhne hat nichts mit privater Trauer zu tun, über die es kein Wort zu verlieren gäbe.

Mit den Amerikanern in der Welt ist es wie mit Bayern München im Fußball: Man möchte sie einfach verlieren sehen. Sie haben zu oft gewonnen, sie sind zu reich und zu angeberhaft, die Selbstverständlichkeit, mit der sie jeden anderen von oben herab als maximal zweitrangig behandeln, kann nur zu Verdruss führen, und ihr Glaube, alles und jeden kaufen zu können, ist so breitgebissig unerschütterlich und feist, das man ihn einfach erschüttert sehen möchte – fast egal von wem. Aber eben nur fast. Nur weil das Auftreten der Münchner Bayern abstoßend ist, muss man nicht den Kneipenschlägern aus Kaiserslautern die Daumen drücken. Das mörderische Möllemann-Double Saddam Hussein wird nicht sympathisch, weil sein Pendant George W. Bush verbissen daran festhält, die Welt in Reich = Gut und Arm = Böse zu teilen. Krieg ist nicht Fußball, aber für beides gilt: Wenn einem zwei Übel angeboten werden, dann wählt man keins von beiden.

Keiner kommt hier lebend raus

Eine kleine Hommage zum 50sten Todestag von Hank Williams

Country? Noch vor zehn Jahren hätte ich allein von dem Wort Pickel gekriegt. Country, das stand fest, war Musik für vor sich hin pupende LKW-Fahrer, die Nummernschilder mit ihren Vornamen ins Fenster legten: Manni und Holger und Bernd, und immer King of the Road. Es gab auch Exemplare mit Cowboyhüten und Fransenjacken, und manchmal sah man im Fernsehn verkleidete Karnevalscowboys, die auf dufte und gemütlich machten und behaupteten, dass sie so gern Dave Dudley, Hank Snow und Charlie Pryde hören wollten. Obwohl man nicht wusste, wer jene drei Herren nun wieder waren und was sie denn sängen, reichte das sülzig-triefige Deutschcountryzeug vollständig aus, um von diesem Wunsch Abstand zu nehmen. Weiteres akustisches Abschreckungsmaterial war der Ohrenschmalz »Country Road« von John Denver, der eigentlich John Deutschendorfer hieß und auch so klang. Country war der Soundtrack reaktionärer Rednecks, wenn sie Jagd auf Schwarze oder auf Peter Fonda, Dennis Hopper und Jack Nicholson in »Easy Rider« machten.

Ich war also überhaupt nicht vorbereitet, als der kulturelle Streifschuss der Countrymusik mich erwischte. Ich war 34, also im besten kreuzigungsfähigen Alter. Der Schütze war Kinky Friedman, ein jüdisch-texanischer Countrysänger, der von sich sagte, er sei außer Jesus der einzige Jude, den man in Texas kenne. Mit seiner Band, den Texas Jewboys, war er ein paar Jahre unterwegs und auch bei Bob Dylans »Rolling Thunder Review« dabei. Seine bekanntesten Songs waren

»They ain't making Jews like Jesus anymore«, »Ride 'em, Jewboy« und »Sold American«, und für sein »I'm proud to be an Asshole from El Paso«, eine taffe Replik auf Merle Haggards »Proud to be an Okie from Muskogee«, war er der bestgehasste Mann in Nashville. Das Lied hatte ihn seine Countrysängerkarriere gekostet. Danach schrieb er Kriminalromane mit sich selbst als detektivischer Hauptfigur. Der zweite, den ich in die Finger bekam, war »Lone Star«, in dem es um einen durchgeknallten Hank Williams-Fan geht, der Countrymusiker ermordet und sich dabei auf Hank Williams-Songs beruft. So trat Hank Williams in mein Leben. Zu dem Zeitpunkt war er seit 42 Jahren tot.

Christian Gasser und ich schrieben für den WDR eine Hörspielfassung von »Lone Star«. Wir hörten Hank-Williams-CDs durch, und ich machte Bekanntschaft mit den Zeilen »No matter how I struggle and strive, I'll never get out of this world alive«, gesungen von der traurigsten, einsamsten Stimme, die ich je gehört hatte. »I'll never get out of this world alive« war Hanks Williams' letzter Hit zu Lebzeiten. Der Song war auf Platz eins in den Charts, als sein Sänger den Text einlöste und starb – 29 Jahre alt, in der Neujahrsnacht 1953, auf dem Rücksitz seines Wagens. Sein Fahrer hatte die Leiche ein paar hundert Meilen chauffiert, bevor er merkte, dass er einen Toten fuhr. Bei der Autopsie wurden Verletzungen am Kopf und am Körper festgestellt. Dass Hank Williams Schnaps gallonenweise zu sich nahm, war kein Geheimnis. Wegen seiner chronischen Rückenschmerzen hatte er sich zusätzlich noch Morphiumspritzen geben lassen – und außerdem Chloralhydrat geschluckt, ein Mittel, das mit Alkohol gemischt so genannte Mickey Finns ergibt, also K.O.-Tropfen. Der Arzt, der Hank Williams das Chloralhydrat verabreicht hatte, traf sehr zügig bei der Leiche ein. Er hatte noch gut 700 Dollar zu bekommen. Nur Hank Williams' Mutter war noch schneller – sie hatte Angst um den Wagen und um das Bargeld.

Die Geldmaschine sprang schnell wieder an. Beim ersten Konzert nach Hank Williams' Tod spielte die Band als erstes Stück »I Saw The Light« – hinter dem Vorhang, auf der Bühne beleuchtete ein Spot ein Mikrophon, hinter dem niemand stand. Das Lied ist schiere Sehnsucht nach Erlösung: »I saw the light, I saw the light, no more darkness, no more night, now I'm so happy, no sorrow inside, praise the Lord, I saw the light.« Hank Williams hatte sein eigenes Lied in düsteren Stunden allerdings so kommentiert: Ich habe kein Licht gesehen. Da ist kein Licht.

Und die Kassen klingelten. Drei Nummer-Eins-Hits konnten MGM Records 1953 mit dem toten Star landen, und auch seine Frau und seine Ex-Frau holten sich noch etwas vom Kuchen: Sie gingen jeweils als Mrs. Hank Williams auf Tournee und beharkten sich dabei wechselseitig mit Anwälten.

Der Musikjournalist Colin Escott hat das Leben von Hank Williams akribisch recherchiert und mit manchmal kaum noch lesbarer Akribie aufgeschrieben: »Hank Williams – Das Leben einer Country-Legende«. Es ist ein todtrauriger Stoff, voll mit Unglück, Schmerz und Sucht, Einsamkeit und Getriebensein, mit Liebe, die fehlgeht – und mit Rebellion gegen all das. Als Hank Williams anfing, war Hillbilly das schlimmste Schimpfwort nach Nigger, und in Nashville gab es noch keine Country-Industrie. Nachdem er seine erste Band zusammengestellt hatte, kaufte er den Männern Schlagringe und sagte: Die braucht ihr, wenn ihr mit mir auftretet. Und auch seine erste Ehe bestand neun Jahre lang zu nicht kleinen Teilen aus Prügeleien. Die Zeilen seiner Songs schrieb Hank Williams meist hinten im Auto auf kleine Zettel. Seine Taschen waren voller kleiner Zettel.

Der erste postume Hit war »Kaw-Liga«, ein Lied über einen aus Holz geschnitzten Indianer, der vor einem Laden aufgestellt wird und sich in eine Indianerin verliebt, die im Antiquitätengeschäft gegenüber arbeitet. Eines Tages betritt ein reicher Kunde den Antiquitätenladen, kauft die Indianerin und fährt mit ihr davon. Hank Williams wusste, wie Kaw-Liga sich fühlen musste: »Kaw-Liga just stands there as lonely as can be and wishes he was still an ol' pine tree.«

Im solitären Block

Es geht nicht. »Taschenlampen gegen den Krieg« – ich kann das nicht. Ich will nicht »alles mitbringen, was leuchtet, strahlt und blinkt«, um »gemeinsam« die Worte »No War!« in den Himmel zu schreiben, nicht in den Berliner Himmel und in sonst keinen. Genau dazu fordert ein Friedensdemonstrationsplakat auf. Das Ansinnen ist sogar noch erschütternder als der kumpelig-weltanduzerische Ton. Kleine Taschenlampe brenn, schreibe No War! in den Himmel ... Es geht nicht, überhaupt nicht.

Andere haben ihre Gründe gegen den Krieg, ich habe meine. Ohne Krieg und Kriegsandrohung gäbe es keine Legitimation mehr für irgendwelchen Antikriegskitsch. Was für ein herrliches Leben: Wer ein Bedürfnis nach Pathos verspürte, müsste es privat entsorgen, die friedensdemonstrantische Mischung aus Kita und Karneval, aus Wander- und Kirchentag könnte sich nicht mehr als politische Haltung ausgeben, und der Jabbelquotient würde extrem gesenkt. Ältere Damen bräuchten sich nicht rhetorisch in Frauenfriedensnetzwerken zu verheddern wie Ute Scheub, die in der *taz* behauptete: »Frauen sind sicherlich nicht qua Biologie die besseren Menschen, aber qua Rolle kreativer in zivilen Konfliktlösungen.« Sondern könnten sich ihren Wunsch nach kreativem Qua Qua Quack zum Beispiel auf dem Ententeich erfüllen.

Doch George W. Bush hat neben anderen, meist geringeren, auch Verbrechen gegen die Menschlichkeit begangen: Die Politik der US-Regierung hat das Comeback der Friedrich-Schorlemmer-Sorte Mensch in Deutschland erst möglich gemacht. Der Kitsch ist der kleine Bruder des Krieges, und so ist er wieder da, der Schwerter-zu-Pflugscharen-Friedrich, von dem man vergeblich hoffte, er habe sich in Ermangelung eines bis zum Masochismus duldsamen Publikums zum Schweigen der Schorlemmer durchgerungen – – – ja, ich weiß, diese Formulierung wird mit 50 Euro in den Kalauernapf geahndet, aber die zahle ich gern für den protestantischen Eitelpickel Schorlemmer, wenn ich nur seine Berg-und-Tal-Predigten nicht mehr anhören muss, denn davon überzieht mich die Gänsehaut der Peinlichkeit: Man schämt sich, stellvertretend für Menschen, die zu distanzierter Welt- und Selbstbetrachtung nicht fähig sind und die sich deshalb für gar nichts schämen, außer …

Etwas hat überlebt aus den grausigen achtziger Jahren, und wenn man den Friedensrednern zuhört, dann weiß man: Der Verstand kann es nicht sein. Der war damals schon knapp bemessen, und 20 Jahre hauptamtliche Friedensarbeit, das überlebt kein Gehirn, und sei es noch so schlicht. Es ist zum Davonlaufen. Bloß wohin? Mitglieder und Sympathisanten einer deutschen Bundesregierung, die mit der »Nie wieder Auschwitz!«-Lüge eine Beteiligung am Angriffskrieg gegen Jugoslawien begründete, demonstrieren für den Frieden. Mögen sich die 14-Jährigen jeden Alters daran freuen.

Das wirklich Furchtbare an friedensklempnernden Gesellen wie Konstantin Wecker und Reinhard Mey ist nicht ihr bisschen simple Gesinnung, sondern ihr Kunsthandwerk. Sängen sie nicht, dann gönge es ja, dann ertrüge man es, irgendwie. Aber kaum heben sie zu jaulen an, hört das Gefühl maximaler Beklommenheit nicht mehr auf, all jene zu durchrieseln, die sich trotz täglicher medialer Vollbedienung den Luxus offener Augen und Ohren nicht vom Verstande absparen wollen.

Ich stehe nicht auf, um die Welt zu retten, und wer es tut, ist mir suspekt. Ich bin ein solitärer Block. Das hat einen entscheidenden Vorzug: Ich muss mich nicht mit mir auf eine Kompromissformulierung einigen, die das Gute in die Welt hineinzwingen will, indem sie die Sprache mit Füßen tritt. Dafür gibt es Gewerkschaftsführer, die so heißen, wie sie reden: Bsirske.

Linke haben keinen Stil, Rechte haben keinen Verstand. Am Morgen nach der Demonstration erklärt mir die *Frankfurter Allgemeine Sonntagszeitung*, dass der ästhetische Widerwille gegen das Friedensdemogebräu aus Pfarrheim, schlechter Musik und Eititei nichts gilt. Um ein richtiger Erwachsener zu sein, muss man den naiven Friedenswunsch der Demonstranten politisch denunzieren, und dabei spielt Kitschfreiheit ebenso wenig eine Rolle wie bei Familie Friedenstrott. Der verantwortliche *FAS*-Politikredakteur Thomas Schmid mahnt und warnt vor der »Flucht aus der Wirklichkeit« und vor den Friedliebenden als solchen, deren »Motiv nicht die Empörung über Gewalt ist, sondern der Wunsch nach Ruhe, Abschottung, kleinem Glück. Nicht Interesse, sondern Desinteresse, nicht Empathie, sondern Gleichgültigkeit ist am Werk.« Auch Händeringen will gelernt sein, und in diesem unappetitlichen Beruf ist Schmid länger tätig als sein Kollege Schorlemmer.

Mit Thomas Schmid meldet sich als Gegner des Friedenskitsches einer zu Wort, der Kitsch aus eigener Herstellung kennt, aus allererster Hand. In den siebziger Jahren schrieb Schmid den Toten von Stammheim hinterher: »Drei erlöschen nach innen – aber es strahlt nach außen. Noch ihr Tod ein Sprengsatz. Es war ihr Tod. Und es war ein Sieg.« Angesichts solch heilloser Sieg heil!-Lyrik wundert es nicht, dass Schmid den Kriegsgegnern die kleinbürgerlichen, schrebergärtnerischen Motive unterschiebt, die ihn selbst einmal vorantrieben. Schmid schreibt: »Es hat die Deutschen tief gekränkt, dass es der Amerikaner bedurfte, um sie aus der Barbarei zu befreien. Sie können das den Amerikanern noch immer nicht verzeihen. Und deswegen wollen sie, dass diese wunde Stelle nicht berührt wird.«

Und genau deshalb demonstrieren in London, Madrid, Rom, New York und in vielen anderen Städten der Welt Millionen Menschen gegen das Kriegsbegehren des George W. Bush und seiner Leute: Klar, das sind alles Deutsche, alle sind sie fehlgeleitet und verzeihungsunfähig, und alle bedecken sie die wunde Stelle, damit sie nicht berührt wird. Wo aber Thomas Schmid seine kahle Stelle hat, ist klar: am Kopf innen. Über ein »USA Global Terrorist«-Plakat auf dem Sicherheitsforum in München behauptet er jammernd: »Das Elende daran ist, dass dies nicht von Hitler wegführt, sondern zu ihm zurückführt.« Wie alle, die nicht weiterwissen, kommt er mit Hitler angeschissen. Vorsichtshalber, kann nicht schaden, man weiß ja nie, einfach mal Hitler sagen, wird schon noch einen geben, bei dem das zieht. Erstaunlich, wie lange die Nummer sich hält – solange Guido Knopp als Historiker gilt, wahrscheinlich.

Zu Zeiten, in denen das gerade die Mode war, war Thomas Schmid einer der linksgestrickten antiamerikanischen Kitschbrüder, die »USA – SA! SS!« schrieen. Diese damalige Dummheit und ihn tatsächlich mit den Hitlerdeutschen verbindende Widerlichkeit will Schmid zum Beweis hernehmen dafür, dass alle, die heute aus anderen Motiven und in einem sehr anderen Ton gegen die Politik der USA protestieren, so dumm und so widerlich seien, wie er es damals war und heute noch immer ist. So zieht er los als mobiles Ein-Mann-Umerziehungslager gegen Leute, die weder mit seinen früheren Kitschausbrüchen noch mit seiner heutigen Schmierkäseprosa etwas zu schaffen haben.

Thomas Schmid war mal ganz furchtbar links und ist jetzt ganz solide rechts, und beides bedeutet nichts. Das Leben solcher Figuren dient allein dem Beweis, dass nicht nur Linke keinen Stil und nicht nur Rechte keinen Verstand haben: Es gibt auch Linke und Rechte, die haben weder noch. Das ist die ganz trostlose Sorte. Vom RAF-Kitscher zum *FAS*-Quatscher: Ein Frankfurter Allgemeiner Speichellecker geht seinen Weg.

Borussia Dortmund gewann 4:1 gegen den VFL Bochum an diesem 15ten Februar 2003, und so war es alles in allem doch noch ein guter Tag.

Der infrarote Korsar

Schwer atmend klomm ich den Berg hinauf - ich musste zum Gipfel, es gab keine andere Möglichkeit. Längst war mein Kreuz, auf dem der Rucksack hin- und herschwankte wie ein betrunkener Affe, klitschnass geschwitzt; Schweiß troff mir vom Gesicht, doch ich stieg und stieg, immer bergan. Dabei bin ich nichts weniger als ein Bergfex. Heidihaftes ist mir fremd, auch Luis Trenker gibt mir nichts. Seitdem ich als Zehnjähriger im sommerferiären Familienverbund den schottischen Ben Nevis hinauftaumelte, ist das Verlangen, einen Berg zu erklimmen, nachhaltig gestillt.

Dicke, tief hängende grau-schwarze Gewitterwolken zogen am Himmel auf. Die ersten Regentropfen waren noch erfrischend, aber dann durchnässte mich das wild pladdernde Gepläster auch unangenehm von außen. Der lehmfette Boden war zäh geworden, wie Fensterkitt klebte er an meinen Schuhsohlen. Die Sicht wurde schlecht, der schmale Pfad vor mir war kaum zu erkennen, so dicht fiel der Regen.

Warum nur war ich meiner fundierten Abneigung gegen jede Art von Bergsteigerei untreu geworden? Für die Steigeisensorte Mensch hatte ich doch nie etwas übrig gehabt. Ich verfluchte Berg, Wetter, meinen Leichtsinn - und die Tücken der Kommunikationselektronik. Im Basislager, einem kleinen weserbergländischen Dorf, hatte ich feststellen müssen, dass es keinen Empfang für mein Mobiltelefon gab. Mit diesem infrarotschnittstellengestützten Telefon und einem ebenso ausgerüsteten Netbook rufe ich unterwegs die elektronische Post ab - und ich wusste, dass eine lebenswichtige Nachricht per E-Mail an mich abgeschickt worden war. Als ich sie lesen wollte, hatte das Display meines Mobiltelefons

»Kein Netz« angezeigt, ich hatte aus dem Tal hoch zum Berg gesehen und sofort die Lösung erkannt: Dort oben würde es Netz und Empfang geben, für mich und meine Geräte.

Das Weserbergland hat einige Gemeinsamkeiten mit Irland: Es ist grün, man isst dort gern Kartoffeln und trinkt gern Bier - und es regnet eigentlich immer. Mein Besuchstag war keine Ausnahme. Allein die Hoffnung, auf dem Gipfel modernste Elektronik aktivieren zu können, trieb mich weiter durch Regen und Matsch. Dampfend erreichte ich mein Ziel, fand einen Baum, der mein Zubehör und mich vor Regen schützte, setzte die Infrarotmaschinchen in Gang, empfing die eingegangenen Elektropöste, unter denen sich auch die sehnlich erwartete befand. Ich fiel auf die Knie und dankte Gott, dem Gott der Geräte: Dieter Grönling, dem Mann, der elektronisch verursachte Verzweiflung in Glück und Gnade zu wandeln weiß.

Der Abstieg war Stolpern, Schliddern und Schlingern auf glitschigem, seifigem Grund. Das Basislager empfing mich mit einer blubbernd heißen Suppe und einem Grog, gebraut aus Bärenfang, dem gewaltigen ostpreußischen Honigschnaps. Dann wurde ich in Decken gehüllt und auf die Chaiselongue gepackt - und sah mir einen meiner Lieblingsfilme an, »Der rote Korsar« mit Burt Lancaster, und dabei streichöllte ich versonnen meine infraroten Gefährten.

Inhalt